藤倉君のニセ彼女

村田天

一二三文庫

この物語はフィクションです。
実在の人物、団体等とは一切関係がありません。

目次

▼六十八番目の恋

たとえば世の中に藤倉《ふじくら》君を好きな女の子が百人いたとしたら、わたしが彼を好きになったのは六十八番目くらいだろうと思う。

これが一番目なら、まだ誰も気付いていない彼の魅力に真っ先に気付いていた人間となるし、二、三番目でもまだ優勝決定戦への参加権はあるような気がする。十番以降は駄目だろう。

いや、恋に順番は関係ない。他の面からいこう。

たとえ好きになったのが百番目でも、特別な関わりがあれば別だ。席が隣、家が近所、委員会が一緒、ふたりだけの関係が何かひとつでもあれば、他と少し違うと言えるだろう。

しかし、藤倉君には幼馴染の女の子もいるし、彼に想いを寄せる子の中には同じクラスの優等生の学級委員長も、中学から一緒の元気な同級生も、校内で目立つ美少女先輩だっている。可能性がありそうなほとんどの枠は既に埋まっている。

わたしはクラスも別だし、委員会も違う。家も知らない。現段階で、彼と話したこともない。友達ですらない。

顔が格好良くて、声が格好良くて、スタイルが良くて、成績が良くて、運動ができて異常にモテて目立っていた彼の噂を聞いて、どんな人だろうと見ているうちに好きになったミーハーなモブでしかない。関連度でランキングしたところで、やはり六十八番目くらいでしかないだろう。でもクラスは隣だし、学校も学年も一緒だからそこより後ろではないと思う。

わたしが通っているのはそこそこ生徒数の多い高校で、もちろん校内には他にも男子は沢山いる。藤倉君がいくら格好良くても、恋愛をしたい女の子達みんなが同じ人を好きになるわけではない。だから藤倉君もさっさと誰かと付き合ってしまえば、あるいは状況も沈静化したのかもしれない。

けれど数々の美少女、美女、才女達が次々と当たって砕け散っていったせいで、美少女でも美女でも才女でもない子達にも人気が広がり、余計にモテは加速してしまった。

藤倉君がモテることはブームのように広がって、モテるから余計にモテるようになっていった。

こうなると我こそは難攻不落の城を落としたいと猛者《もさ》達も立ち上がる。もはや勲章となった彼女の座を手に入れたいのだ。

最近だと本物のアイドルのように追いかけまわされていることすらあった。

こうなるとしがない六十八番目には話しかけることもできない。挨拶をすることすら不可能。

それに、追いかけまわしているのはたぶん七十番代以降の奴らだ。六十八番目のプライドとしては、一緒に追いかける気にはなれない。たとえ好きになったのが六十八番目でも、わたしはちゃんと彼のことが好きだった。虫取り網で蝶々みたいに追いまわす、そういう対象じゃない。

でも、どうすることもできなかった。彼とわたしには接点がなさすぎるし、友達ですらないわたしが勝算なく無謀に当たってみたところで砕けるのは目に見えていた。

だから校舎裏でひとりゲロを吐いている彼とわたしが遭遇できたのは、神様がわたしに与えてくれた、本当にたった一度の奇跡的な好機だったのだろう。

▼供給過多

十月に入り、しつこく居座っていた残暑がやっと去って、気付けば木の葉が色づいてきている。いつの間にか蝉の声を聞かなくなった。

昇降口前の自販機で水を買ったのはほんの気まぐれからだった。

普段はそんなものわざわざ買わない。どうせお金を出して買うなら炭酸か甘いの。でもその日はそんな気分だった。

テストの結果が思ったより悪くなかったから機嫌が良かったのだ。だから何か意識高い気持ちになっていて太らない水を買った。たぶんその程度のこと。

ゴトンと落ちてきたペットボトルの水を取り出し口から拾い上げ、鞄の中に入れて校舎を出る。それから校舎の壁が橙《だいだい》に染まっているのを見て、なんとなくまっすぐ帰らず校門とは別の方向に足を伸ばした。

学校の校舎が、わたしは割と好きだった。

誰も住んではいないけれど、誰かの痕跡がいくつもあるその空間。窓から見える理科室も、音楽室の窓から聴こえるピアノも。校庭から聞こえる部活動の練習の音や廊下で誰かが笑う声も。みんな好きだった。だからその日も無意味にぐるりとまわって帰るつもりだった。

校舎の裏まで来たところで聞こえてきた苦しそうな呻き声に、足を止める。それが藤倉君だということは後ろ姿でもすぐにわかった。というか、ヴォェーという吐瀉《としゃ》の声で胸のあたりがきゅんと反応した。

藤倉君。

藤倉君だ。ひとりで、いる。

辺りを見まわしても、人の気配はない。こんな状況は本当に滅多に出くわさない。胸がドキドキする。

藤倉君は壁のあたりに軽く片手をついている。その手の形が既に素敵だ。骨の形なんだろうか、手までモテる感じ。髪の毛も綺麗。それから整った顔立ち。足も長い。ここまでスタイルと顔が良いと、集合写真とかでもパッと目がいくだろう。藤倉君は全身からモテる人のオーラが漂っていた。

しかし、今はモテそうな息の音を吐きながらも苦しげにしているし、足元付近にあるのはゲロ。いくらイケメンでもゲロはゲロだった。トイレに走る余裕すらなかったのかと思うと心配になる。

勇気を出して一歩、二歩と近付く。

「大丈夫?」

声をかけると彼はびくっと肩を揺らし、こわごわと振り返ってわたしを見た。それから眉根を寄せ嫌そうな顔をするので、わたしはそれにショックを受けて、軽く後ずさった。

「あの……保健の先生呼ぶ?」

「いや、やめて。誰も呼ばないで」

即座に答えた彼は再びしゃがみこんでしまった。ゲホゲホと咳込んでいる。たとえ藤倉君じゃなかったとしても、一度目が合ってしまった以上この状態を放っては帰りにくい。鞄からさっき買った水を出した。

「これ、飲んで」

身体を最大限に離して手を伸ばし、まだ開けてないペットボトルを差し出すと、苦しそうにしながらもまたこちらを見た。

「まだ、口つけてないから」

純粋な善意だ。こんなのまで断られたら、ちょっと傷付く。

真剣にじっと見ていると、彼は人間に怯えた野生動物のような動きで受け取ってくれた。

あまり刺激しちゃいけない。

少し離れた壁を背に、横目で様子を見た。彼は水を飲んで、少し落ち着いたようだった。

「ありがとう」

こちらを見もせずに、どこかぶっきらぼうに言われる。どうも、そう面識もないのに嫌われているような感じがする。

けれど、藤倉君がわたしのことを知っていたとは思えない。だったらその嫌悪はわたし個人に向けられたものではないはずだ。

わたしはさっきから静かに考えを巡らせていた。これはチャンス以外の何物でもない。頭の中に選択肢がいくつもまわる。

「藤倉君て、女の子嫌いなの……?」

彼は嫌そうな顔でわたしを見た。あ、これは不正解。間違った選択肢。彼はヨロヨロと立ち上がって、どこかへ行こうとしている。まずい。逃げられる。このまま終わってしまう。

恋愛シミュレーションゲームだと難易度の高いキャラには思い切った選択肢だ。とんでもない選択肢が正解だったりすることがあった。どうせもうこんな機会は二度とないから、思い切ってやれそうなことはやっておきたい。

「わたし、藤倉君のこと好きじゃないよ！」

呼び止めるように大声でそう言うと藤倉君はぴたっと動きを止めた。

緊張の走る、硬直した数秒が通り過ぎる。わたしは息を詰めて、反応を待った。

「ほ、ほんとに?」

振り返った彼にものすごく嬉しげに言われて力強く頷く。

「うん。全然、これっぽっちも好きじゃないよ」

堂々と大嘘をつくと藤倉君が安心したように口元を綻ばせる。それから息をはーと吐きだして、壁を背にズルズルと座り込んだ。藤倉君の警戒がやっと少し解けた。どうやら正解の選択肢だったようだ。野性の勘だったけどよかった。

「え……と、ごめん。名前知らないんだけど」

言われてことさら無表情で頷いた。

「一年A組。有村尚《ありむらなお》」

「隣か。俺はB組の……」

「知ってる。藤倉君有名だから」

藤倉君は「はは……」と乾いた笑いで返した。

「どうして吐いてたの？」

「ストレス……かな」

なんのストレスかは聞かないでおいた。

「さっきの質問だけど……」

「え」

なんだっけ。さっきの質問というと、藤倉君が女嫌いなのかって聞いたやつだろうか。それ以外に質問はしていないからそうなんだろう。

「有村はさ、ショートケーキ、好き？」

「うん」

「ある日目の前に百個持ってこられて、全部食えって言われても好きでいられる？」

「それは……」

「俺も、女子、ふつーに、人並みに好きだったよ。でもなんかもういらねー。みんな同じに見えるし、そういうの、気持ち悪い」

ショートケーキのたとえが的確なのかはわからないし、あまり想像できないけれど、言わんとしていることはなんとなくわかる。

「俺ね、中二くらいまでは身長低かったし、そんなにモテなかったんだよ……」

「そうなんだ」

「ぼけーっとしてるうちに、自分より先に周りの反応が急に変わって、この、よくわかんねー状態になった……」

藤倉君は頭を抱えて言う。確かに、わたしが聞いた話でも中学時代の彼は今よりもうちょっと可愛い系で、そこそこモテはしていたけれど、今ほどではなかったらしい。

高校入学前の春休みに、身長がぐんと伸びたり、髪型を変えたのとか、あるいは中学に比べてこの高校がだいぶ生徒数が多かったのとか、いろんな要素が重なってぽんとブレイクしてしまった。今聞いた感じだと、そのことについてどうやら本人は困惑気味のようだ。せっかくモテてるのに楽しめていないのは気の毒ではある。

「供給過多?」

「そうだな。なんか恋愛とかしたくねーもん。ほんとうんざりする」

「もうしばらくすれば、今よりは落ち着くんじゃないかな……」

　割と素直な感想でもあった。入学以来藤倉君のモテ方はヒートアップの一途でちょっと異常だったけれど、それでも学校の一部の人種が盛り上がっているだけだ。そしてその人達はとてもミーハーで、きっと移り気だ。今は藤倉君が流行っているから騒いでいるけれど、ずっと飽きず同じ人を追いまわすとも思えない。でも、確証はない。

「野球部が甲子園行けば、変わるかも」

　しかし、その可能性は薄いだろう。

　あるいは誰かが芸能活動をしていることが発覚、とか。他に騒ぐ対象がいれば少し分散するだろうとは思う。これはわたしが常々願望混じりにシミュレーションしていたことでもある。六十八番目の分際であれだけれど、もう少し静かになってもらえないと、片思いもしづらいのだ。

「高校、楽しくない」

　藤倉君がぽつりともらした。

　入学式で目立っていた彼はそこから女の子にジロジロ見られ、写真を撮られ、やがて囲まれて追いまわされるのが普通になり、誰と付き合うのかとかばかり注目されて、高校生活をあまり楽しめていなかったようだ。

　自己顕示欲が強かったり、そういうのが好きな人はその状況を楽しめたりするのだろうけれど、藤倉君の内面はそういうタイプじゃなかったようだ。なんだか辛そうに見える。

　すごいなぁとしか思ってなかったので、実情に少しだけショックを受けた。わたしはモテるなんて、良いことだとしか思っていなかった。

「うちの学校クラス多いし、女子の全員が男子にキャーキャー言ってるばかりの人なわけでもないよ。彼氏持ちの子もいるし、冷静な人も沢山いると思うんだ。ただ、その人達は今ちょっと藤倉君に話しかけにくいだけで……」

　そんなことをつらつら話すと藤倉君はなるほどと頷いた。それから落ち着いたのか、もう一度お水を飲んで息を吐く。

「なんか俺、久しぶりに人と普通の会話した気がする。ありがとな、有村」

　これがはたして普通の会話なのかはさて置いて、今藤倉君に近寄ってくるのは彼を好きな女の子ばかりだ。そうじゃない人がむやみに近寄れる状況ではなかった。

「普通の会話してないって、男子は？」

「最近なんだかおかしな雰囲気になっているから、ちょっと遠巻きにされてる」

「そうなんだ……」

やっかみもあるだろうし、そうでなくても異常なモテ方をしている彼とは距離を置いてしまうだろう。近付いてくるのは同性でも、利用しようとする人間が多くなりそうだ。

「男の上級生にも目えつけられるし、本当いいことないよ」

「え……それは」

「いや、今年卒業したうちの兄ちゃんが柔道で全国大会行ってて、だからシメられたりとかはないんだけど」

「あぁ、よかったね」

藤倉君のお兄さんも、藤倉君とは方向性が少し違うけれどなかなかのイケメンらしいと、一時期話題になっていた。でも話題をそちらに振るのはよした。なんだかそれとは関係ない話をしてあげたい。

「……わたしにもお兄ちゃんいるんだけど」

変えられた自分とは関係のない話題に、藤倉君は少しほどけた顔で「そうなんだ、どんな？」と返してくれた。

「双子。二卵性だけど、見た目は似てるよ。でも性格は正反対」

「へえ」

「けど、どっちも優しくて、色々教えてくれるんだ」

「色々？」

「うん、困ったことがあったら……お母さんより先に相談したりする」

「有村、ブラコン？」

「そ、んなことないけど……」

ちょっと意地悪そうに笑いながら、からかって言った藤倉君に、妙な普通さを感じてどきりとしてしまう。そうだ、この人は普通の人なんだ。周りがあまりに騒ぐから、よく知らないのに頭の中で、変な風にイメージを固めてしまっていたかもしれない。

「あー……なんだかんだ、中学までは平和だったから、まさか高校入ってこんなことになるとは思わなかった……」

藤倉君はうなだれて、また大きな溜め息を吐いた。溜め息だけじゃなくゲロまで吐くくらいだから相当なんだろう。

「俺もっとふつーに、男子と馬鹿やって騒ぎたい……」

「そうなんだ」

「ごめんな。こんな話して……聞いてくれてありがとう」

力なく言った藤倉君は見るからに疲れていた。

▼作戦会議

帰宅したわたしは真っ先に兄のひとりの部屋へと直行した。

扉をノックしようと前で拳を握ると同時に女の人が部屋から出てきた。この間見た人と違う。

兄の優《ゆう》は今二十歳で大学二年生。女好きで女たらしだ。藤倉君のように抜けたイケメンでもないし、そのお兄さんのようにスポーツで目立つわけでもない。特別背が高くもないし、秀才でもない。飛び抜けたところはない。しかし、恋愛経験は豊富で彼女は頻繁にコロコロ変わる。とてもモテるのだ。

優兄は性別が雌ならばたぶんダンゴムシにも優しくするタイプ。妹も例外ではない。だから可愛がってもらっていたし、藤倉君のことも、好きな人ができたと真っ先に相談していた。

しかし今までは直接的な関わりがなかったので、相談も身のないものだった。

でも、今日は違う。わたしは本気だった。

本気で藤倉君を落とすために、付き合うためにむちゃくちゃ真面目に相談をしたい。

「優兄ちゃん、恋愛相談のって」

続いて部屋から出てきた兄の胸ぐらを掴み、息を荒げて言ったわたしの頭をぽんぽん、と叩いて優兄はにっこり笑って返す。

「尚。ちょっと待ってね。大事な彼女を駅まで送ってくるから」

「は、早く、じんそくに願う」

「わかったよ。なるべく早く戻るね」

優兄は女遊びで忙しいようだった。しかし、わたしの方も今日はとてつもなく強い気持ちで、相談にのってもらうことを欲している。自分の部屋でそわそわしながら帰りを待った。

*

「お兄ちゃん、おかえり。そうだ……」

優兄が戻ってきて、すぐにバタバタと廊下を走って迎えにいった。しかし、そのタイミングで玄関が開いてもうひとりの兄、陽《よう》が帰宅した。

「なんだよ、尚、大騒ぎして……」

優兄ちゃんと双子の兄弟である陽兄ちゃんはモテない。顔やスタイルは大して違わないのに、全くモテない。陽気でいいお兄ちゃんではあるけれど、今日は正直用はなかった。

「陽兄には、相談はないんだ」

「オイ！　どーいうことだよ！　優には言えて、俺には言えないっていうのかよ！　聞き捨てならねえ！」

わたしが無視して優兄の部屋に入ると陽兄は何故か一緒になってドカドカ入ってきた。

「尚、今日はえらい勢いだね。どうしたの？」

「あのね、藤倉君と、話したの」

わたしは優兄に、今日あった事件について話した。藤倉君の言った言葉、あった出来事をなるべく細かに伝えた。

話し終わると優兄は黙って考え込んでいたけれど、ベッドで寝転んで一緒になって聞いていた陽兄が、盛大に歪んだ声をあげた。

「俺はそいつ、好きじゃねえなぁ……」

見ると陽兄の顔が般若と変わっていた。拳を固く握って小さく震えている。

「世の中にはなァ……！　高校三年間ろくに女と口をきかず、ほとんど目を合わすこともできず卒業してく奴だっているんだよ！　それを……なんだァ？　モテてモテて困ってます、だぁ⁈　モテるありがたみがぜんっぜんわかってねぇ！　ゴミカス野郎だ！」

陽兄にモテない男子の怨霊が取り憑いてしまった。というか彼本人が怨霊なんだろう。

「でも、藤倉君、なんだか可哀想だったよ……」

「何ほだされてんだよ……尚、お前コロっと騙されるタイプだぞ！　変な絵とか壺とか買わされるタイプ！　別に意地悪されてるわけじゃなし、女にモテて辛いだ学校つまらんだァ？　クソが！　どこまで軟弱なんだよグラァァァあぁア！」

「で、でも、陽兄ちゃんにとってものすごく欲しいものでも、藤倉君にとっては欲しいものじゃないのに、そんないいもの持ってるんだから大事にしろよってのは、なんだか自分勝手な意見の押し付けじゃないかな？　人が変わった時点でそれは同じものじゃないっていうか……」

「うるせぇえ！　尚、屁理屈言うな！　俺は！　何もせず！　ただ酸素吸って生きてるだけでモテてる奴がでぇえッッ嫌いなんだよ！」

「すいませんでした」

「むしゃァあぅぐあぁあー！」

陽兄が興奮状態になったので、優兄ちゃんが静かに立ち上がって台所からお茶をコップにくんできて渡した。

「ごめんね、尚……陽は何か暗黒の時代を思い出してしまったみたいで……」

陽兄が頭を抱えてうずくまっている。お茶をぐいと飲んで低い息を吐いている。だからいなくてよかったのに……。

優兄ちゃんが呆れた顔で溜め息をつく。

「その彼……藤倉君は中学までは彼女とかいなかったのかな」

「今ほどじゃないにしろ、ちらほらモテてたみたいだけど、そこまで興味なかったみたい……」

「うーん、まぁ……世の中には芸能人になるような……スターの素質がある奴ってのがいるけどさ。藤倉君は外見こそ素質があったけれど、中身はまだ子供で、女の子にキャーキャー言われることに順応して上手くやることができないんだろうね」

「そっかあ」

「十五かそこらで集《たか》ってくる女を捌《さば》ける奴の方が珍しいんだよ。まだスレてないからね。特にお前の話だとぼけっとした奴みたいだし」

優兄ちゃんの話を固唾を呑んで聞き頷く。

「藤倉君は恋愛感情を向けられることにうんざりしているように見えたよ。モテるのが逆効果で女嫌いを併発しかけているみたい」

頷いた優兄の目が鋭く光った。

「でも、女嫌いとか言っているのは今だけだよ」

「……え」

「そんな歳でモテまくっているとそのうち価値観がおかしくなって、すぐに女なんて食い散らかして侮《あなど》るだけの嫌な奴になる。おれの周りにもそういう奴はいたからね」

「……ええぇ」

「それが天然でモテる奴の末路だよ……」

後ろで陽兄が呪いのナレーションのように言ってくる。

モテる奴の末路……まるで哀れなもののように……。いやでもどうしよう。藤倉君、このままだと、ますます手の届かないところに。

優兄ちゃんが頷いて言う。

「つまりね、尚。お前にチャンスがあるのは今だけなんだよ。汚れてしまったらお前はもちろん、女なんてみんな使い捨ての肉塊《にくかい》かアクセサリーにしか思わなくなる」

肉塊……アクセサリー。並べるとなんだか猟奇的だし、そのふたつが同じものを表しているとは思えない……。絶望で目を白黒させながらも優兄に助けを求める。

「お兄ちゃん……わたし、どうしたらいい……?」

「おれに任せて。おれの可愛い天使、尚が幸せになれる方法を考えるから」

優兄ちゃんはイタリア人男性のようにさらりと褒めを交えながら座っていた椅子をぐるりとまわして、天井を見て、少し考え込んだ。

「悪いことばかりじゃない。まず、藤倉君にとっては今、女の子の顔はどうでもいいはずだよ」

「それは……」

優兄ちゃんは眉をハの字にしたわたしに優しい声で付け加える。

「尚が可愛くないわけじゃないよ。華奢《きゃしゃ》で透明感があって、花のように可愛い美少女だ。でも学校じゅうの可愛い、目立つ美人がそいつを狙っているんだって言ってたろ」

「う、うん」

優兄ちゃんの言いたいことはわかる。

今の彼にとって、顔が可愛いから付き合うというのはないだろう。その基準で戦わなければならないのは正直キツい。だからむしろ良いことなのだと。

「尚、お前のいいところはね、考えてることが顔に出ないことだよ」

「お兄ちゃんそれわたしのコンプレックス……」

表情筋があまり機能していないのか、わたしは感情が薄く見られがちな方だ。声質もそんなに高くないし甘くもないのもあって、喜んでいても慌てていても悲しんでいても冷静に見られることが多い。

「いや、それは素敵な個性だし、取り柄なんだよ。現に今日だって、尚が藤倉君のことを好きだって、バレずにすんだだろ」

「そうだけど……」

「尚、お前は今藤倉君の特別な位置にいる。本当にチャンスは今しかないよ」

「うん、うん、頑張る」

その時扉がばんと開いてお母さんが入ってきた。

「あなた達、こんなとこで揃ってしゃべってないで、さっさと夕飯食べなさい！」

お腹は減っていた。

「じゃあ夕食後にまた、作戦会議しよう」

「俺ももちろん参加するからな」

「陽兄……いいのに。大学行って疲れてるんじゃないの？　今日はゆっくり休みなよ」

「いーや！　参加する！　元気ならありあまってるからな！」

そうしてわたしはお兄ちゃん達と夜通し今後の作戦を練った。

▼ニセ彼女、誕生

作戦はだいたい固まった。話し込んでしまってあまり睡眠がとれなかったけれど、どうせ今夜は興奮して眠れなかっただろう。

鉄は熱いうちに打て。ということで、わたしは翌日すぐに動くことになった。

寝不足なのか緊張なのか、ドキドキで頭をぼうっとさせながら藤倉君のいる隣の教室へと赴いた。

「藤倉君」

隣の教室を訪ねると、藤倉君はどこにいるかすぐにわかった。そこに女子の人だかりができていたからだ。しかし、何かのギャグのように女の子の壁に隠され埋まっていて姿はよく見えなかった。周囲にきゃいきゃいと黄色い音声が飛びかい、何が何やらわからない。

「藤倉君」と、もう一度呼んでみたがとても声が届くとは思えない。

しかし藤倉君はわたしの小さな声を聞きつけて、「有村？」と返事をしてガタッと席を立ち、女子の山の中から出てきてくれた。そのまま背中を押されて教室の外に出る。

廊下を少し行ったところで藤倉君がはーと息を吐いた。

「助かった。最近いつもあんな感じで……」

「いつも……」

モテるとは思っていたけれど、よもや毎時間あんな感じとは思っていなかった。生活に色々支障が出そう。

「あれ、みんな何話してるの」

「誰が何を言ってるのかもわからない……」

「大変だね……」

「うん、でも助かった。何か用?」

無防備に笑顔を向けられてあやうくときめきそうになったけれど、得意の無表情でやり過ごす。彼はわたしが恋愛感情を全く持っていないと思っているから、こんなに親しげにしてくれているのだ。勘違いは無用。

わたしは第一の作戦を切り出した。

「ちょっとお願いがあって」

「うん?」

「今わたし、学校内ですごくしつこい人に付きまとわれてて……」

「そうなんだ、大変だな……。でもそれ、俺が何かできること?」

「うん。その、お兄ちゃんに相談したら……彼氏がいるって言えば、引き下がるんじゃないかなって言われて……そう言ったんだけど、ちゃんと相手の名前を教えろって言われてしまって……それに、そこらへんの男じゃ、諦めないって言ってるの」

「えっ……と」

「藤倉君が相手なら、絶対諦めると思うの。しばらくフリだけしてもらえないかな」

「……」

藤倉君が聞きながらみるみる真顔になっていく。わたしの顔を怒ったように見ている。

「あ……試しにちょっと聞いてみただけなんだ……昨日、話してて思ったんだけど……その、もしかしたら……藤倉君としても、ニセの彼女がいたら……」

「協力する！」

「ひぐッ」

急に両手をがしっと握られて変な声が出た。

「それ協力させて」

ものすごい早さで交渉がまとまって逆に戸惑う。

わたしがニセ彼女を急に申し出たらおかしい。でも、わたしの方が困っていてそれに協力する形なら、双方に利益があるのでそこまで警戒されずに聞いてもらえるんじゃないかというのがお兄ちゃんと立てた作戦だった。

　正直この『ニセ彼女作戦』は失敗覚悟だった。しかし、嘘さえバレなければ失敗してもさほど失うものがないし、駄目でも話しかける理由にはなるだろうという理由で第一作戦になった。

　それがあまりにあっけなく成功してしまった。まだ何層かしょうもない作戦があったのに。

「いや、俺それ協力したい！　敵意でなく好意ならなんでもしていいと思う奴多過ぎ」

　藤倉君の、自分に好意を向けてくる人への怨念はそのままわたしに突き刺さる。

　というか、こんなに簡単に作戦が成功したのはきっと、彼自身が相当まいっていて、藁にもすがる思いでどこかに出口を探していたからに他ならないんだろう。

「俺もうこんな生活うんざりしててさ……そうしてくれたら俺の方が助かるよ。で、俺からそいつになんか言った方がいい？」

「それは大丈夫。その……フリだけしてくれれば」

「わかった」

　この穴だらけの作戦は、もしも怪しまれたらお兄ちゃんの後輩の演劇部の先輩がわたしのストーカー役をやるという、不安たっぷりの予定が控えていたので、そこに深く突っ込まれなくてよかった。

「じゃあ、これから付き合ってるってことで、頼む」

「うん」

「でも、もし俺と付き合うフリすることでそっちが嫌な目にあったりしたら、ちゃんと相談して？」

「あー、まぁ確かに……」

あるかもしれない。ないとはいえない。しかし、自分の欲望のためなんだからそこは目をつぶって耐えようと思っていたのに。藤倉君優しい。

「有村、ほんとありがと。俺、自分のこと好きじゃない人間がこんなにありがたいなんて思わなかった！」

「はは……」

顔に出ないたちで本当によかった。

今わたしは心の中でドン引きしていた。わかっててやったはずなのに、彼に感謝されて、自分のやったことに薄ら寒くなって引いてしまったのだ。

全部、嘘なのに。

「わかんないよ……ほら、もしかしてわたしに下心があったり……」

「ははは、もしそんなことあったら俺、人間不信になるよ」

冗談めかして言った言葉に、あり得ない破壊力で笑いながらさらっと返された。

これは絶対に、言えない。

わたしが嫌われるだけでなく、藤倉君が人間不信になってしまう。

＊

帰りにさっそく藤倉君がわたしの教室に迎えにきた。周りは当然目を丸くして、謎の悲鳴があがった。

「有村、帰ろ」

「えっ、ありむー何？　どういうこと？」

「有村さん、藤倉君と仲良かったの？」

周りの大興奮を涼しいポーカーフェイスでやりすごして教室を出た。

大騒ぎされて注目されて、わたしは内心動揺していたけれど、当事者の藤倉君はいつも、こんなのをビシビシ受けている。傍から見ていたものが、これからは自分にも降りかかる。他人事では小さく感じられていたことも、自分事になると結構大きく感じられる。

わたしは少しの不安と、罪悪感と嬉しさ、そんなものを胸の中にないまぜにしながら彼と一緒に校舎を出た。

　一方の彼はほんの少し解放されたような表情で余裕が感じられる。心細い中でそこは心強い。

「有村んちどっち？」

「駅から一駅」

　聞くと藤倉君も駅から一駅だった。ただし、わたしとは反対方向に。そこは残念だけれど駅までは一緒だ。

　藤倉君と隣り合って歩く。夕暮れ時の、闇に溶ける寸前の長くて薄い影がふたつ、並んで道路に落ちている。わたしの現実感は、まだこの影ぐらい薄い。

「あ、そうだ。有村じゃなくて、尚って呼んでいい？」

「えっ」

　突然藤倉君の口からわたしの名前が出てきたので、心臓が止まりそうになった。

「その方がいいだろ」

「ソウダネ……」

「俺のことも瑛太《えいた》って呼んで」

「ヨ、ヨブ」

　緊張するけど。呼ぶよ。

「瑛太君は……」

「呼び捨てでいいよ」

「え、でも」

「その方が自然だろ。付き合ってるんだから」

やばい。やばいやばい。錯覚しそうになる。あまり顔が赤くならない性質でよかった。

「わかった……瑛太」

なんだか語尾が小さくなった。でも、元々声は小さい方だし、抑揚がないのでこの溢れんばかりの動揺は隠せているはず。ちょっとゲロ吐きそうだけど口から出てないし隠せてるはず。

「瑛太、は、部活とかやってないの？」

もちろん本当は知っている。彼は入学してすぐはバスケ部でかなり期待されていたのに、何故か二学期になってすぐに辞めたのだ。

「ああうん、前はバスケ部だったんだけど……女の子が沢山来るようになって……俺がいると練習に迷惑かかるから……辞めたんだ」

そんな理由で……。度を超えたモテは日常生活を阻害するんだな。割と真面目に可哀想。

「でも、さ。瑛太なら頼めば嘘で付き合ってくれる人沢山いそうだけど」

なんの気なしに言った言葉に彼がぎょろりとこちらを向いた。

「なんの見返りもなくそんなことやる奴いるか？」

心中ヒッと息を呑んだ。

確かに何かしら得がなければ普通はやらない。自慢したいとか。あと、本当は好きとか……。そういう理由だと嫌なんだろう。

「万が一いたとして、もし、好きになられたら？　こんなこと言うと自信過剰な奴みたいだけど、俺は正直それが怖い……」

「た、確かに瑛太の方からそれを言われて、女の子がその気になっちゃったら……ストーカー化したりするかもだもんね」

全く笑えない自虐的な冗談を言いながら、わたしの心はグラグラ揺れる。

それはニセ彼女が彼を好きになったら、振られる。付き合いは即終了ということだ。

わたしの場合、最初から好きなのだから絶対にそのことはバレてはいけない。

「だから俺のことを全く好きじゃない、ありむ……尚が相談してくれて、本当に助かった」

完全に信用されている……。もう少し疑った方がいいと思うけど。なんか複雑。

「じゃあ絶対好きにならないようにするね」

「はは。ないと思うけど、頼むよ」

冗談で軽くかわされた会話。

わたしと彼とではその言葉の中に含むものがだいぶ違うけれど。言葉は言葉のまま、ふたりの間を行き来して、空中に溶けていく。

▼お付き合い（ニセ）

かくしてニセのお付き合いが始まった。

嘘の彼女なんて、上手くやれるものだろうか、周りは信じるだろうかという懸念はすぐになくなった。藤倉瑛太その人がノリノリでとても積極的だったからだ。

彼はすぐに周囲に彼女ができたと言ってまわり、休み時間にはマメに会いにきて、昼休みには笑顔でお昼を誘いにきた。

周りも全く予想していなかった、前触れなく突然湧いたように現れた彼女に唖然とするばかりで、今のところは様子見といった感じで表立って嫌がらせなどはされていない。

「お昼一緒に食べよ」

にこにこしながら近寄ってくるそのさまは、十二分に恋する彼氏のようだった。しかし、上機嫌の理由は恋ではなく、真逆の方向性だ。

昇降口を出たところで瑛太はまた大きく息を吐いて、わたしに笑ってみせた。解放されたのがよほど嬉しいんだろう。本当に嬉しそうだ。

陽当たりの良い校舎の外壁に沿ってふたりで座り込み、周りを見まわした瑛太が大きく伸びをする。

彼が隣にいるのがまだ慣れないし、ふとした瞬間に、あ、これ現実だったんだ、と思ってしまう。

「静かな昼メシ……」

何か大したことでもないことに感動している。

「俺やっとマトモな生活ができるんだ。ありがとう」

「ど、どういたしまして……」

「尚の方は？　大丈夫そう？」

「何が？」

「しつこい人……諦めそう？」

「あ、あー、そうだね……諦めそう」

そういえばそんな人もいたね！　いないけど！

「お互い平和な生活が手に入るといいな！」

「うん……」

「恋愛感情とか、むやみに押し付けられるほうの身にもなれってなもんだよな！」

「う、うん……」

その恋愛感情をたんまり隠し持って、あまつさえ騙している身に言葉が痛い……。

＊

放課後になってわたしは落ち込んでいた。

「心が痛い……」

人を騙している。しかも好きな人を。

万が一、好意があった上での作戦だったなんてバレたら、ニセの交際中止は必至だし、普通に嫌われるだろう。関わらなければ少なくとも嫌われることはなかったのに。それは思っていたよりもストレスだった。

「なおちゃん、頑張ってぇ」

机に突っ伏してジメジメしてると友達のくうちゃんが舌足らずな応援をくれる。彼女はぽわんとしていて、一見頼りない感じだけれど、芯はしっかりしている可愛い子だ。わたしが彼を好きなことや、事情も彼女にだけは唯一話してある。

「くうちゃんて幼馴染と付き合っているんだよね」

彼女の彼氏は別の高校で、会ったことはないけれど、休日の出来事などを聞いていると当然のように登場人物として何度も話に出てくるので、もうお馴染みだった。

「どんなとこが良かったの？　イケメン？」

「ううん。ぜんぜぇん」

「優しい？」

くうちゃんは笑いながら首を横に振る。

「格好良くも賢くもない、優しくもなければ、気が利いてるわけでもないんだけど……」

「うん」

「気が付いた時にはもう好きだったの」

くうちゃんが臆面もなく、気負いもなくさらりと言ったので、小さく感動してしまった。

「……いいなぁ」

「いい？」

「うん。そういうのすごくいいよ」

みんなが好きになる人を見てミーハーに好きになるより、絶対そっちの方がいい。できることならわたしもそういう恋がしたかった。

「なおちゃんと似たようなもんだよぉ。好きになる人は選べないから」

「似ているようで、似てないよ……」

「なんの話？」

いつのまにか背後にいた瑛太に、わたしは戦慄《せんりつ》を覚えた。

「あ、えっとぉ……こいばなです」

アドリブに弱いくうちゃんが、瑛太の勢いに押されてスルリと本当のことをもらした。

「え、なに？」

瑛太の顔色が変わった。これはまずい。

「ちょっといい？」

瑛太が声をひそめて、廊下の端に連れだされる。

「尚、好きな奴いるの？」

「……さっきのは好きな人っていうか、憧れてる人の話。お兄ちゃんの友達で、でも学校の人じゃないし彼女いる人だから……その、ニセとかは頼める関係じゃなくて」

「そっか……」

瑛太がほっと息を吐く。

「でも、できれば学校でそういう話はあまりしないで欲しい」

「う、うん。ごめん」

「いや、ごめん。俺は助かってるんだけど……そんなこと言える立場でもないよな」

「ううん。わたしも助かってるから」

「でも、もし尚が学校に好きな奴とかできたら教えて。ちゃんと別れるから」

「……はい」

心のアップダウンが激しすぎる。

「じゃあ帰ろっか」

「あ、鞄取ってくる」

教室に戻り鞄を持って廊下に戻ると、瑛太は女の子に囲まれていた。言葉の切れっぱしに「本当に？」とか聞こえるのでもしかしたらニセ彼女のことを聞かれている可能性は濃厚。

「あ、尚。ごめん、彼女来たから」

女の子達が一斉にわたしに注目した。その、目がものすごく怖い。これは、思っていたよりホラー。心臓に悪い。

おまけに彼がニコニコしながらわたしの隣に距離を詰めて背中を押したので息が止

まりそうになった。近い。身体が触れ合うくらいの、友達ではあり得ない距離。背中にほんのり手の感触。

わかっている。これは奴らに見せるためのあれ。わかってるわかってる。頭の中に「ワカッテル」をゲシュタルト崩壊しそうなくらい唱えてなんとか足を前に進める。

校門を出てしばらく行ったところで距離は離された。悲しくはない、むしろ緊張から解放されてほっとした。この間まで一方的に見ていただけで話したこともなかった相手と突然付き合うことになったのだ。嘘でも緊張せずにはいられない。

付き合いはフリとはいえ一緒に帰っているのだし、なんとなく話をする。話題に困った時には、とりあえず兄達の話をしてその場をしのいでいる。

「うちのお兄ちゃん、ひとりはすごくモテるんだけど、もうひとりは全くモテないんだよ……」

「双子なのに？　そんなことあんの？」

「双子だけど、二卵性だし、赤ちゃんの時から性格ちょっと違ったらしいよ」

「でも、一緒に同じように育ったはずなのに……どこで道が違っちゃったんだろ」

「うーん。聞いた話だと、ふたりとも小学校四年でそれぞれ別の女の子を好きになったらしいんだけど……」

「うん」

「優兄はそこで見事恋を実らせて、陽兄は振られちゃったから、そこからかな」

結果はたまたまなんだろうけれど、最初の体験の失敗成功がその後の人生の明暗を分けたような気がする。優兄の相手は恋愛に興味津々な、ませた子だった。陽兄の好きになった子は幼くて、言いふらされて馬鹿にされてしまったのもある。そこから陽兄は恋愛に臆病になり、女の子と話すこと自体減っていき、優兄はどんどん恋をして彼女を作っていった。

「俺もちょっとしたきっかけでモテねー、モテたいとか言ってたかもしれないかな」

「瑛太の場合モテてる理由が見た目だからあまりなさそうだけど……でも、何かひとつ違えば、少なくとも今みたいにはなってなかったんじゃないかな」

「そうかな」

「うん。だってやっぱりちょっと異常だったもん」

だけど、瑛太が異常なモテ方をしなければ、わたしは彼に気付かなかったかもしれない。噂が大きかったから、見てみようと思ったし、それで好きになったから、今ここにいる。そうやって、いろんなことが少しずつ積み重なって他人にも影響して運命は変わっていく。

「瑛太、わたし頑張るよ」

「え……」

「わたしの方は簡単に終わりそうだけど、瑛太の方はまだまだだから……頑張って協力して、平和を取り戻す」

たとえニセの付き合いで、しかも彼を騙していたとしても、ついでに彼が救われるなら良いかもしれない。わたしはそんな風に開き直って思うことで自分の罪悪感をごまかすことにした。

実際気の毒ではあるし、なんとかしてあげたい。これは本当。

ただ、下心があるだけで……。

▼作戦会議再び

激動の一週間だった。

明日は初めての週末。戦士の休息だ。自分で望んで企《くわだ》てたこと。とはいえ、瑛太と話すのはまだ緊張するし、好意があるのをバレないようにしなければと常に気を張っていた。さりとて周囲にはカップルとしての演技をしなければならず、その周りの反応にもストレスがあった。思っていた以上にかなり気疲れしていたのでほっとしていたところだった。

ニセ彼女、一週間お疲れ。


学校帰りに瑛太が駅前で足を止めて言う。

「ねえ、尚、明日ひま？」

「うん」

「どっか遊びに行かない？」

わたしはものすごく驚いた。だって学校外ではフリをする必要はないのに。しかし本当に驚いた時ほど無表情になる性質だったので、助かった。

「なんで？」

「前もちょっと言ったけどさ、俺高校入ってからこんなだから友達いないんだよ。たまには友達と普通に遊びにいきたいなーって」

「中学の友達とか……」

「そりゃいるし、たまには遊ぶけどさ……。そんな頻繁にってわけにもいかないし……かっこわりーじゃんよ。高校で友達いないとか……」

「そんなの気にするんだ」

「嫌ならいーよ……」

ちょっと不貞腐れてるのを隠そうともしない。結構子供っぽい人だ。

いずれにせよ好きな人にそんなこと言われて断れるはずはない。

「いいよ。どこか行こう」

「マジで？　やった！」

あっという間に上機嫌に変わって歩きだす。瑛太がわたしとお出かけするのを喜んでいる。何か錯覚しそうになる……。ついでに気が遠くなる……。

「どこ行こっか」

「瑛太は行きたいところあるの？」

「沢山ある！　なんか、遊び倒したいんだよなー、俺」

「遊び倒す……カラオケとか、ゲーセンとか、遊園地とか？」

「そうそう、そういうの」

そういうのって、ちょっとデートっぽいと思うんですが……。

「あー、迷うなー……俺決めていい？」

「いいよ」

正直頭がちゃんと働いてなくて、場所の脳内検索はしていなかった。駅が見えてくる。

「じゃあ、連絡する」

事情を知らない人が見たら、甘い笑みに見えるような顔をして手を振った彼は改札をさっさと入って、反対の階段へと行ってしまった。

＊

戦士に休息はなかった。

その晩はまた、兄達と作戦会議である。

「で、どこになったんだよ。漫喫か？　ラブホとか許さねえからな」

「陽兄ちゃん……何そのモテない思考。だいたい付き合ってもないのにホテル行くわけないじゃん……まだ決まってないよ」

そもそも全くモテない陽兄ちゃんが何故この作戦会議に参加しているんだろうか。

「考えるべきは服だよね、あまり張り切ってることを悟らせず……それでいてさりげなく可愛い」

さすが優兄ちゃん、そういうことを話し合いたかったんだ。

「でも、それに関しては場所によるかな。映画館とゲーセンと海じゃ向いてる格好も違うし」

「たぶん……アクティブな方面」

「そしたらジャージで充分だろ」

「陽兄……」

　邪魔したいのか……。何故、ここにいる。

　その時わたしのスマホが震えた。ぱっと手に取って確認する。瑛太から場所を伝える連絡だった。

「ゆ、ゆうえんち！　遊園地だって」

「デートじゃねえか！」

　陽兄が叫ぶ。

「デートかな⁉」

　わたしも叫んだ。

「ぽい、セレクトだね……でも、まぁ、遊びたいって言ってたんでしょ。どうせ尚が相手なら男同士ではあまり行かない場所に行けるから、そうしたかったんだろうね」

　優兄がたしなめるように言う。わかってる。つい、調子に乗りそうになるけれどそれは命取りだ。

「お、お弁当とか……作るのは……引かれるかな」

「そうだね……まだよした方が……」

　優兄の言葉を遮るように陽兄が「いいじゃねえか！」と叫ぶ。

「え……でも」

「高校生、金ねえし……いいだろ。自分から誘っといて弁当くらいで引くような奴ならやめちまえよ」

「でも、友達なのに……男友達がやらないようなことをするのは変じゃないかな」

「どうしたってお前は男じゃねえんだから気にすんなよ！」

陽兄の威勢の良い言葉に思わず優兄の顔を見る。

「先に本人に聞いてみれば？　確かにお金浮くし」

「うん」

スマホを手に取り、震えそうになる指でぽちぽちやって聞くと、すごい早さで返事が返ってきた。

「ありがとう、だって」

優兄が拍子抜けした顔をした。

「あまり細かいこと気にしない子みたいだね……それかよっぽど、尚のこと信用してるのか」

「うん、あの人自体は結構好意に過敏になってるんだけど……どうしてか……わたしのことは全く疑っていない気がする……なんでだと思う？」

「うーん、たぶん、だけどさ。想像だけど……」

「うん」

「恋してる相手が目の前にいたら態度に出ちゃう人っているじゃない？　赤くなったり、声が高くなったり。それで、聡い人なら相手が自分に恋してることに気付いてしまうこともある」

「うん」

「尚はたぶん藤倉君を前にしても全く変わらないんだと思うよ」

「ああ」

つまり、単純な話わたしが彼のことを好きなようには全然見えないし、感じられないということだろう。それが安心感を与えている。

「尚、わかりにくいもんね」

「見慣れるとそうでもねえけどな」

「それはおれ達が身内だから」

わちゃわちゃと言い合う身内をよそに、わたしはドキドキが止まらなくなっていた。

「でーと……デートかぁ……」

「尚、本当に気を付けてね。今好意がバレたら全部なくなるだけじゃなくて、それ以上に失うんだからね」

優兄ちゃんにデカい釘をガンガンに刺される。確かに、出先でバレたら悲惨だ。

デートっぽくてもデートではないのだから、浮かれてはいけないし、わきまえなければならない。

そうだ、デートじゃない。瑛太はわたしが好きで一緒に遊びたいわけではない。そういうのとは根本的に別物だ。ただ、友達と遊びたいだけ。

可愛い格好も、お弁当も、必要とはされないし、向こうはわたしを楽しませる必要もない。しかし、ひそかに片思いしてるわたしは、彼を楽しませなければならない。

それって、彼女の立場より難しいんじゃないだろうか。

急に不安になってきた。そこへまた瑛太から連絡が入る。恐る恐る見るとそこには『玉子焼き食べたい』

人の気も知らず、えらく呑気なリクエストが入っていた。

なんというか、ここまで無邪気で図々しいのはやはり普段からモテている人間特有の大らかさなんだろう。拒絶されることなく育っているから卑屈さがない。

一時間ほどしてから追加で『たまごは甘いやつ』と、どことなく慌てたような文面がきた時にはだいぶ脱力してしまった。

「尚、この服でいいんじゃない？」

「馬鹿！　尚はこっちだろ！　ていうか、それ露出が多過ぎるだろ！」

「肌の色からしてこっちだよ。陽はわかってない」

「ぬぁにぉ～?!」

兄達が無駄な諍《いさか》いを始めている。

とりあえず、兄とはいえ、そろそろクロゼットを勝手に開けるのをやめさせたい。話はそれからだ。

▼デートっぽいもの

目覚めた時わたしの周りは惨状と化していた。部屋の両端に、わたしの着用する衣服のことで喧嘩した兄ふたりが寝落ちして転がっており、投げつけ合って散らばした衣類も相まって割と地獄絵図の死屍累々。

それでもわたしは起きねばならない。お弁当を作るために。少しでも寝れてよかった。

お母さんが起きてきたのでなんだかんだと手伝ってもらい、お弁当作成。玉子焼き多め。それからシャワーを浴びて急いで身支度をする。

わたしがバタバタしている背後で優兄が起きてきて、さっさとデートに出かけていく。出る前に自室を覗くと陽兄が口を開けて寝ていた。そのままにしておこう。

＊

外に出ると良い天気だった。

寝不足も手伝って少し頭がぼうっとする。外を歩く親子連れや目的地に向かう人達がなんだかすごくリラックスして感じられて、緊張でドキドキしているわたしにはどこか遠く感じられる。

ほぼ同時に着いたらしく、待ち合わせ場所に向かう途中で瑛太に声をかけられる。

「尚、こっち」

本当に来た。

「お、おはよう」

「ん」

瑛太はやっぱりすごい。なんてことない格好なのに、ものすごくお洒落に見える。素材が良いと色々得だ。眩しいくらい格好良い。

歩いてても、目立つ。すれ違う人がたまに二度見してる。

少し羨ましく感じて、それから隣にいて小さく劣等感を感じてしまう。

でも、くうちゃんが言ってくれたみたいに、好きな人は選べないし、彼が格好良くてもわたしには関係ない、はずだ。隣にいる人が格好良いから恥ずかしいなんて思うのは、隣にいる人が格好悪いから恥ずかしいっていうのと同じことで、ちょっと失礼かもしれない。わけのわからない屁理屈思考で緊張を紛らわす。

移動中もちらほら見られているような感じがして落ち着かなかったけれど、そのうちに慣れてきた。瑛太があまり気にしていなかったのもある。学校に比べたら何か平和なレベルではあるんだろう。

遊園地は駅からすぐ。電車に乗って移動して改札を出るともう観覧車やジェットコースターのレールが少し遠くに見える。瑛太は機嫌良く早足で入口に向かう。園内に入ると彼は折りたたみ式のマップを手に取った。熱心に見ているのを後ろから覗き込む。

「何乗るの？」

「あれ」

瑛太が指差した先にはその遊園地の目玉である、一番怖くて、派手で、大回転する評判のジェットコースターがあった。

「いきなり？」

その時頭上から悲鳴が聞こえてくる。素早い乗り物が頭上でぐるんぐるんしている。

「あ、もしかして苦手だった？」

「ううん、平気」

ジェットコースターは特別得意ではないけれど、嫌いではない。ただなんというか、最初からメインディッシュかと思っただけだ。

これはデートではないのだから、順番もへったくれもない。デートだったとしても順番があるのかは不明だけど。

近付くと悲鳴の音量が大きくなった。

すごく怖そうだけど、今からこれに自分が乗るのか。そこまで心の準備が追いつかないうちに順番がきてしまった。

どこかぼうっとしていたけれど、並んで座って安全バーを下ろした時にはっと我に返った。目が覚めたというか。あれ、これ、もしかしてジェットコースターじゃないの。

ゴトン、ゴトゴト。

ジェットコースターがゆっくりと、高い位置へと動きだす。もうすでに怖い。

やがて、一番高い位置に辿り着いて一瞬だけ動きが止まる。

降下。回転。

ぎゃーーーー。ぎゃぎゃ、ぎゃーーー。

わたしは心中長い悲鳴を何度もあげた。それに乗っている時は何故か脳内に

「ぎゃ」以外出てこない。そういう鳴き声の鳥になった気分だった。

　隣を見ると瑛太はケロっとしていたし、すごく楽しそうに笑っていた。

「もっかい乗っていい？」

「え、うん……」

　思ったより怖かった。一回で充分だし、楽しさより怖さがわずかにまさったのでちょっと嫌だな、と思ったけれど言えなかった。これはデートじゃないから。

　再度座席に乗り込んだわたしはなんとか自分を落ち着けようとする。

　心を無にするのだ。そうすれば降下など、回転など、なんてことはない。わたしは地蔵のような顔で回転した。

「もう一回いい？」

「え、また？」

　そんなに好きなんだろうか……と思ってはっと気付く。

　三回連続ジェットコースターとか、これは完全に阿呆の小学生男子の遊び方だ。だとしたら男らしく付き合ってやらねばならない。彼はきっとこういった遊びに飢えているのだ。

　わたしは人生初の三回連続ジェットコースターを体験した。もうあと数年は乗らなくていい。

瑛太は降りてから不思議そうに首をひねる。

「もう一回……」

「ご、ごめん。無理」

わたしはついに口元を押さえてしゃがみこんだ。

「え、わ、大丈夫？」

「トイレ……吐きそう」

霞む視界にトイレが見えたので走っていって勢い良くリバースした。ジェットコースターばかりが原因でもない。寝不足と極度の緊張のせいもあった。デートじゃない。でも、最悪。

お手洗いを出てヨボヨボと歩いていると、少し離れた場所で待っていた瑛太が駆け寄ってきた。

「ごめん。尚、見てても全然表情変わんないからさ、なんとか変化を見つけたくて……つい」

そんな楽しみ方を……まさか……されていたとは……。この野郎……わたしは……玩具じゃない。思わず脳内で好きな人を野郎扱いしてしまう。

「そこ座ろ」

ベンチに座らされて、土曜日の陽射しに焦げていると瑛太が冷たい缶ジュースを買ってきてくれた。数分それを頬に当てて、体力ゲージの回復を待つ。

「本当ごめん、もう帰る？」

「いや、それは……せっかく来たし……」

「じゃあ回復したら、今度はもうちょっと優しいアトラクション行こう」

「うん、もうだいじょう……わ」

なんとか元気を出して立ち上がり、数歩行ったところで足元に段差があるのに気付けなくて、ズシャリと転んで両手を大地にびたんとついた。

「だ……大丈夫？」

背後から心配そうな声がかかる。

「……もうあと五分休んでもいい？」

「好きなだけ休んで……」

＊

お弁当は簡素なものだ。そんなに凝ったものは作れない。

玉子焼きと言われた時点でサンドイッチの線はなくなった。だからおにぎり。中身はツナマヨネーズと、チーズおかか。

それからおかずは別のランチボックスに。玉子焼き。アスパラベーコン。ちくわキュウリとミニトマトの串。

「俺、甘い玉子焼き好き」

瑛太は気持ちの良い食べっぷりではあったけれど、あまりバランスとか考えないようで、好きなものばかり連続して食べる。

美味い美味いと言って、玉子焼きを、わたしがおにぎりを食べてる間にどんどん食べていく。わたしの視線に気付いて動きを止める。

「……食べていい？」

「どうぞ」

そんなに美味しそうに食べてもらえたら、玉子焼きもわたしも本望だ。どうせ味見で食べてるし。


お昼ご飯の後はまた遊園地をまわった。

瑛太は遊び倒したいと言っていただけあって、ハイペースでいろんなアトラクションをまわっていく。もしかして制覇する気なのではと思う勢いだ。

わたしはだんだん、デートというより元気な子供のお守りみたいな気持ちになってきていた。

そして、夕方も近付いた頃、ついに体力が限界を迎えた。

「あ、あれも乗っていい？」

元気いっぱいに聞かれて頭からぷしゅうと最後の空気が抜けた。

「ごめん……ちょっと休んでいい？」

「え」

思い切って言った言葉に彼は盛大に眉根をしかめた。申し訳なさで身がすくむ。

しかし、本当に休みたかった。近くのベンチにヨレヨレ歩いて倒れるように腰掛ける。疲れた……。

隣に座った瑛太が顔を覗き込んでくる。

「ごめん……。俺、女の子と出かけたことなかったから……つい男と出かける時のノリで……」

先ほどの表情は不快ではなかったようだ。彼はわかりやすくしょげていた。

「うん……ごめん体力なくて」

「謝んないでよ。俺が気が利かなかったんだから……」

「でも……わたしは男友達と変わんないし……」

「男友達とは……やっぱ違うな」

言われてなんだか落ち込んでしまう。

彼女なら気を使われてしかるべきだけれど、友達として一緒に来ているのに、わたしときたら吐くわ転ぶわ、疲れるわで、これじゃ男子と遊ぶより不自由だったんじゃないだろうか。

「でも、尚の作ってくれた弁当美味しかったし、そもそも男同士だって、体力ない奴いたら合わせるべきだし……男とか女とかでなく、尚は尚なんだから、変なこと気にしないでよ」

「あ……」

わたしはちょっと気にしすぎていたかもしれない。陽兄ちゃんも言っていた。どうしたって男とは違うのに、同じように遊ぶべきだと無理をしていた。

「言い訳させてもらうと、色々気付けなかったから……乗りたくないものとか、疲れた時とか、言って欲しい」

それもそうだ。もっと早く、色々言えばよかった。それでなくてもわたしは顔に出にくいのに。

無理しなければこんなに急激にバテることもなかった。友達でもそういうのを言うのは普通なのに。気持ちを隠したいのもあって反対方向に気張っていた。

「わかった。これからは言う」

口に出したら少し気が抜けた。ふうっと息を吐く。

「あ、笑った」

「わ、笑うよ」

いくらわたしでも、笑わないなんてことはない。

「いや、今日あんまり笑ってなかったよ」

「そう……かな？」

かなり緊張していたから、そうだったかもしれない。普段から表情薄いのであまり気にしてなかったけれど、彼は意外にもちゃんと見ていたようだ。

「なんか、つまんないかなと思って、妙に焦って連れまわしちゃったかも……」

瑛太がぽつりとこぼした言葉が身体をじわじわまわる。

「……楽しかった」

小さな声で言うと彼は目を丸くした。

それから、困ったように首をひねってから、照れたように笑った。

「尚、ありがと」

瑛太のいろんなものを含んだ「ありがと」を聞いたらなんだか色々どうでもよくなってしまった。

全くもって上手くいったとは言いがたい上、素敵なデートでもなかったけれど、門をくぐった時と比べてわたしの心は緊張から解けていたし、瑛太本人とも近付けたような気がしていた。

▼最初の試練

　暴力的なまでにモテる人間と付き合い始めて少し経った頃、周りの女の子達にも変化が見られるようになった。

　わたしは瑛太と付き合いだしても相変わらず表情が薄かった。得意気な顔もしないし、デレデレもしない、もともと何を考えているのかわからない鋼鉄の表情筋。それでいて顔の造作自体は攻撃的でもないのが幸いしてか、そこまで無駄な怒りを買うことはなかった。少なくとも、表立ってあからさまにいじめられたり、意地悪はされていない。

　けれど、当たり前だけれど何も変わらないわけではなかった。

　こちらを見ながらヒソヒソ話をされることは増えた。ネガティブなものを含んだ表情の場合もあれば、普通の顔で話していることもある。内容はそれぞれでも話題に上がっていることはわかる。

　それからたとえば廊下で、見知らぬ他クラスの同級生や女の先輩がどこか険のある含み笑いで話しかけてくることがある。

こちらに気付いて「あー」だとか手を振られて「瑛太の彼女だよねー」とか明るく言われる。

しかし実は友好的なわけでもなく「あいつのことよろしくねー」などと付け加えられる。『わたしの方が仲良いけど』とでも言いたげな、どこか上からのコメントだ。だけど、後で瑛太に聞くと特に面識のない人だったりする。いや、何度か話してはいたんだろうけれど、数が多過ぎて認識までいかなかったんだろう。

それからクラスの今まで話したこともなかった女子達が急に話しかけてくるようになった。

半分くらいは興味本位。そこそこ遠慮がちに話しかけてくる子達が多い中、野田《のだ》琴美《ことみ》さんはかなりグイグイきた。

彼女はクラスでも目立つ方だ。小柄でやや太ましく声が大きくて気が強い、お祭り好き。がはは笑い多し。

最初は妙に笑顔な「おはよう！」から始まり「連絡先教えて」から「今度遊ぼうよ」だとかに変化してくる。

この変化が急激であからさまだったので、わたしはあまり仲良くしたいとは思えなかった。なんとなく、本当にお近付きになりたいのはわたしではないんじゃないかと思ったから。でもたぶんあまりすげなくすると悪口を言われたり、面倒なことになりそうな気もする。

しかし現段階で嫌がらせをされてるわけでもないから、人に相談してもなんにもならない。地味で無駄なストレスでしかなかった。

「有村さーん！　一緒にお弁当食べなーい？」

お昼にやたらと大きな声で呼ばれて振り向くと、何人かで机を囲んだ野田さんが手をブンブン振っていた。

「ごめんね。くうちゃんと学食行くから」

そう言ってそそくさと教室を出る。自分が好かれているわけでもないのに、モテるって辛いなぁなどと思う。

＊

そして事件は起こった。

休み時間に他クラスの女子に呼ばれて出ていくと、校舎裏まで連れていかれてあれよあれよと五、六人に囲まれた。

季節は秋。赤く色付いた葉が風でカサコソと音を立てる中、わたしは壁を背にして彼女達の言葉を聞いていた。

中央に瑛太の幼馴染という子がいて、泣いている。周りは感情をたかぶらせてしっちゃかめっちゃかに糾弾をはじめる。

「酷い」「なんであんたなんかが」「別れなさいよ」「絵梨《えり》の気持ちは」など言葉の断片が周りを飛びかう。

自分が知らぬ間にこんな風に憎しみの対象になっていたのがショックだった。

少なくとも今まで普通に生きてきて、そんなことはなかったから。

わたしはなんだかんだ性善説でぽやぽやんと生きてきていた。だから漫画とかフィクションではよく見るけれど、こんな理不尽なことを本当にやる輩がいるなんて、いまいち信じていなかった。

でも、彼女達の顔を見て思う。彼女達はこの行動に疑問を抱いていないし、当たり前だと思っている。自分が女であることをしっかり自覚していて、既に色濃い女の世界で生きている。異性と恋愛と序列と、協調と、感情と、そんなものが優位の世界の中で生きている。

わたしはどうか暴力だけは振るわれませんようにと祈りながら、無表情で怯えるばかりだった。

「アンタ達、何やってんのよ！」

大声が聞こえて周りが一斉にそちらを向くと仁王立ちした野田さんがいた。

「なんならあたしが相手になるわよ！」

誰かがぽつりとこぼした「誰……」というもっともな疑問に野田さんは何故か顔を輝かせて答える。

「一年A組、野田琴美よ！　今すぐ覚えなさい！」

場違いなまでに威勢の良い、やる気満々の声にやる気を削がれたのか、どこかしらっとした空気になった。

「だいたい今時こういうの流行らないから！　先生呼んだわよ！」

校舎裏に彼女のドスのきいた声がはっきりと響いた。

流行りでやっているわけじゃないと思うけれど、後半部分でたじろいだ幼馴染軍団は去っていった。幸か不幸か、軍団員が何を言いたいのか、最後まで上手いこと把握できなかった。

「最悪だね、あいつら」

「あ、ありがとう」

「ううん。あたし、ああいう奴ら嫌いなのよ」

だからと言って野田さんと特別仲良くなる気はなかったので、何か借りを作ったような気持ちになってしまった。

「なおちゃぁん」

くうちゃんが走ってきて、わたしをひしと抱きしめた。

「なおちゃんが連れていかれるの見た人が教えてくれたの！　大丈夫だったぁ？」

「うん」

「うう……怖かったでしょ」

「大丈夫だよ」

その様子をじっと黙って見ていた野田さんが、ぼそりと言う。

「有村さんと笠木《かさぎ》さんて仲良いわよね……」

「え、うん。中学から一緒なんだぁ」

くうちゃんが言って、野田さんは芝居がかった仕草で「友情は、大事よね」と深く頷いた。そしてどこかジトっとした瞳でこちらを見る。

「アナタ達って、ピンだとそれほどでもないけど、揃ってると可愛くてちょっと目立つわよね……」

褒めてるようで、さらっと失礼なこと言ってるけど……。

それから「これから、困ったことがあったらあたしに言いなさい！」と、男らしく言い残して、ガニ股でのしのし去っていった。

「野田さんて……」

「ね……」

くうちゃんと言葉の破片でやり取りする。

思っていたのとはちょっと違う。けどまだよくわからない。何故、わたしを助けたのかもよくわからない。


「疲れた……」

自分が選んだ道、しかも嘘をついてまで、もぎ取ったこと。とはいえ目まぐるしくいろんなことが起こり、疲労困憊で溜め息を吐いた。

それにしても、幼馴染。

瑛太の話には出てきたことがなかったけれど、以前から存在は知っていた。おそらく順番関連度において一番目だし、王道も王道だ。

ものすごく可愛いとかではなかったけれど、小柄で女の子らしい子だった。何故フラグが立たなかったのか、わたしは幼馴染はいないし、ちょっとどんな感じのものなのか聞いてみたい。


放課後、瑛太が呑気な顔で「帰ろうぜ」と迎えにきた。校門を出て辺りを見まわしてから聞く。

「瑛太、幼馴染、いるよね」

「え？　うん。いるけど……それがどうかした？」

思ったより怪訝そうな顔でこちらを見てくる。興味本位でよく考えずに投げてしまった質問をごまかすために慌てて言葉を探す。

「いや、えっと……そんな関係の子がいたならそっちにも頼めそうだよねと思って」

瑛太はわかりやすく眉根を寄せた。こちらをじろりとひと睨みして低い声でボソボソ答える。

「昔は仲良かったけど……どんどん女みたいになって、俺のこと好きとか言いだしたから……そういうんじゃねーなぁと思って」

「あぁ……」

「尚、なんかあった？」

「ないよ」

「じゃあなんでそんなこと聞くんだよ」

「え、と興味本位」

瑛太は明らかに気分を害したようで、道の途中でムスッとした顔で立ち止まる。

「そんなこと言って本当は……」

瑛太が言いかけた言葉にドキッとした。バレるようなことは何もしてないはずだけれど、わからない。しかし、続く言葉は予想とは違うものだった。

「本当は嫌になってきたんだろ……」

「えっ」

「そりゃ、迷惑かけてるとは思うけど……そんな、遠まわしにあっちに頼めばいいじゃんみたいな言い方することなくね？」

「ごめん。そういう意味じゃない」

「じゃあ、どういう意味だよ」

意外な展開で怒られて、軽くパニックになる。

「ちょっと今日絡まれたから……気になっただけ」

「は？」

瑛太が一瞬怒気を収めた。でもまたすぐにしかめ面に戻る。

「なんですぐ言わねえんだよ」

「……言いにくいよ」

「意味わかんねー。自分が悪くもないのになんで言いにくいんだよ」

「瑛太って本当に子供っぽいよね」

「どういう意味だよ」

「ちょっと想像すればわかるでしょ」

「わかんないね」

「……わかんないならいい」

言い捨ててその場を早足で逃げ去った。頭がぐちゃぐちゃで、とっちらかっていて、上手く会話をできる気がしなかった。

最近のわたしの学生生活は、妙に忙しい。

あんなに好きだった人に口ごたえして、喧嘩なんてして。

ついこの間までは毎日平穏だったのに。

疲れる。

本当に疲れる。

ストレスで涙がこみ上げてきた。

*

帰宅したわたしは優兄の部屋でうずくまっていた。

「もうそろそろ一ヶ月だっけ。よく続いてるよね。尚は頑張ってるよ」

「まだなのかもうなのかわかんないけど……疲れた」

「予想ずみのことばかりじゃない」

「そうなんだけど……」

「思ってたより辛い？」

「……うん」

想像するのと実際に体験するのはやっぱり違った。話しかけてくる子は例外なく付き合いのことを聞くし、ジロジロ見られることも増えた。教科書にブスと書かれたりはないけれど、いつかあるんじゃないかと悪意に対する恐怖をずっと小さく持っている。

今日は頭の中で想像していた嫌なことがひとつ本当になったので、弱気になってしまった。

瑛太は想像より子供っぽくて、見た目に反して恋愛になかなか興味がわかないタイプのようだった。脳内が小三男子と同じくらいに感じられる。このまま付き合っているフリを続けたからって、好きになってもらえるかはわからない。

それに、本当に付き合っているならふたりで考えればいいようなことでも、ニセ彼女だといまいち頼れない。嘘をついて彼を騙している状態では最後まで気持ちを通じ合わせることもできない。騙していることの罪悪感も手伝って、わたしは気持ちの上ではずっとひとりだった。

「もう……やめようかな」

はっきりとは思っていなかった言葉が先に口からスルッと出てきたみたいな、不思議な感覚だった。優兄の顔をぼんやり見る。

「尚が辛いならそうしな？　おれは何があっても尚の味方だから」

衝動的にスマホを握りしめて、外に出た。

考えより先に体が動いていた感じ。この選択の是非を検討することを疲れて諦めてしまっていた。後で後悔するかもしれない。でも、それを想像することが今できない。

空には星が出ていて、風が樹々の間を抜けていった。

公園に入ってブランコに腰掛ける。

電話をかけようと番号を表示させた時に瑛太その人からの着信があった。

「はい」

向こうも外に出ているのか、外の音が少し聞こえる。

「あれ？　外？　今大丈夫？」

「うん。大丈夫。そっちも外？」

「俺はベランダ」

そう言って互いに少し黙ったから、こちらと向こうの夜の音が耳の中に静かに流れ込む。

「今日、ごめん」

　瑛太が小さな声で話を切り出した。

「でも俺やっぱわかんねえ。尚は悪くないし俺のせいなのに、言えない理由がわかんない」

「うん……そうだよね」

　冷静に考えればその通りだ。実際に付き合っていれば、相手に負担をかけたくないだとか、そんなような理由が出てくるかもしれない。でも、嘘なのだから、伝える方が普通な気がする。

「色々あってちょっと混乱してた。ごめん。今度から言う」

　素直に謝られるともう返しようがないのか、瑛太はひと息吐いて、少し黙った。電話越しに夜の音と小さな息づかいが聞こえる。

「俺、最近普通にクラスの男子と話したり……してる」

「え……」

「彼女できたから、女子も少し遠慮するようになったし、彼女持ちの奴とかと……結構話してる」

「そうなんだ」

「休み時間とか放課後も、尚と話すの楽しいし、フリすんのも全然苦じゃないし

「……」

「何が言いたいかって言うと……本当に……感謝してるんだよ」

「……うん」

「だから、尚に負担はかけたくないし、嫌な思いして欲しくない」

瑛太はそこで少しだけ声を落として、優しい声で、言い聞かせるように言う。

「なんかあったら……言って？」

「………うん」

わたしは泣いていた。電話でよかった。涙が出てたら、さすがに無表情でごまかしたりできないから。

通話を切った後、スマホを手の中にそのままぼんやり座っていた。

「尚、そんなとこずっと座ってたら危ないよ」

顔を上げると優兄が迎えにきてくれていた。

「帰ろう」

道すがら、さっき瑛太と話したことをぽつぽつと、話す。

「結局、別れなかったの？」

「うん……」

優兄ちゃんは「そっか」と言って小さな息を吐いた。

「尚は、友達ができたって聞いて、ほだされちゃった？」

「ううん……違う……」

わたしが別れを切り出せなかった理由は、瑛太の話の内容にほだされたからじゃない。

もっと単純で、馬鹿みたいな、理由。

「声……聞いたら……駄目だった……」

まだ涙の残る声で言うと優兄が「そっか」と、それだけ言って前を歩く。

ぴたん、ぴたんと音がして、自分がお父さんの大きめのサンダルで外に出ていたことに、その時やっと気が付いた。

▼心臓の受難

最初の一ヶ月を越えたら急に楽になった。

わたしも、周りも状況に慣れてきたのだ。必要以上にジロジロ見られることは減ったし、たまに聞かれても適当に返せるようになってきた。

しかし、慣れてきた頃は油断しやすい、というのは本当だった。

空き教室で瑛太とふたりでお昼を食べる。空き教室はいくつかあって、机があるところもあるけれど、ここはそれすらないので過疎地だ。人目を気にせず遠慮なく適当な振る舞いができる。

教室に入った途端、緊張がほどけたように彼とわたしの距離が空く。

黙ってそれぞれお昼ご飯を食べた。すぐに食べ終わったけれど、まだ時間はある。

瑛太は眠たげな顔で壁を背にだらしなく足を伸ばして寝転んだ。

窓を開けると風が抜ける。外で本物カップルが平和にお弁当を食べているのが見えた。

「瑛太って、好きな人いたこともないの？」

「……えー……あるよぉー」

てっきり初恋もまだかと思っていたので意外だ。

「……どんな？」

「……小学校の先生だった」

「せんせえ」

「うん、いつも水色と灰色の中間みたいな色のカーディガン着てて……それぱっか覚えてる……ていうかそれしか覚えてない」

「そ、その先生からは何も……？」

「あるわけねーだろ！　俺小五だぞ！」

「そうだよね、瑛太ならと思っちゃった」

「だから、中学まではもっと普通だったし！　最近ちょっと異常だっただけだし！」

「……」

「でも……尚がニセ彼女してくれてから結構平和」

「うん」

「尚の方はもう大丈夫なの？　しつこい奴」

「え……？　あっ、諦めてくれたよ。わたしのことはもういいって」

いまさら急に聞かれるとは思っていなかったので焦ってヒヤッとした。

「……誰だったの？」

「え？　いや、上の学年の人だし、瑛太は知らないと思うよ。来年はもう卒業するし」

「そっか」

とりあえず話題が終了できたことに安堵の息をもらす。

「じゃあ尚の方はそろそろ俺と付き合うフリする必要がないんだ」

「え……あ、」

そういうことに、なる。架空のしつこい人に対してあまり細かく追求されたくなかったので、さっさとなかったことにしようとしてしまったけれど、失敗だった。その場しのぎが墓穴を掘ってる。

瑛太は頬杖をついて考えこんでいる。

まずい、契約延長を、なんとか。なにとぞ。せっかく慣れてきたのに。何か理由を探さなければ。

しかし、普段優兄の作戦頼りなわたしに妙案はぽんと浮かばなかった。

「でも、俺の方はまだ今別れたら前の状態とあんま変わんねーよな……」

「だろうね……前みたいに戻るだろうね」

「あれはもう勘弁して欲しいんだよなぁ……」

その時扉の方で音がした。びっくりしてそちらを見る。

「話は聞いたわよ」

演技がかった声が聞こえて野田さんが現れた。

「野田さん、いつからいたの?」

「有村さんにちょっと用があって、入ろうとしたら面白そうな話をしてたので、盗み聞きさせてもらったわ」

堂々と言う。もう少し悪びれろ。

「アンタ達、嘘の付き合いだったのね」

　瑛太が小声で「誰？」と聞いてくる。

「クラスメイト」

「仲良いの？」

「うーん……」

　ボソボソとやりとりしていると野田さんがよく通る声で言い放つ。

「ねえ！　そのニセ彼女の役、次はあたしにやらせて！」

「は？」

　まさかな発言にわたしと瑛太は動きを止めた。野田さんは大きく頷く。

「そういうストレスの多い役にはあたしみたいに何言われても気にしない図太い女の方がいいと思うの。付き合ってるフリでしかないのに、この間みたいに藤倉周りの女に絡まれたら有村さんが可哀想だし」

「あんたは、俺のこと好きなの？」

「ぜんっぜん違うし！　女がみんなアンタを好きだとでも思ってんの？　自信過剰、自意識過剰！」

　瑛太が不愉快そうに眉をゆがめた。

「じゃあ、俺と付き合ってるフリをするの、あんたになんの得があんの？」

確かに。わたしが可哀想だから、なんて慈善的な理由ではないはずだ。

「……なんだっていいでしょ」

「よくねえよ！」

野田さんは観念したように、溜め息を吐いた。こほんと喉を整えて、照れたように口元を手で押さえて話し始める。

「あたしね……実は、昔っから目立ちたい欲求が人一倍強くて！」

「は、はぁ～？」

野田さんは語った。昔から目立ちたがりで、教室でふざけていたこと。昔は大声でふざけたことを言えば目立てた。でも、長じて運動や成績、容姿がいい人間ばかりが目立つようになり、自分はなかなか上手くいかなかったこと。

劇団に入ったこともある。アイドルのオーディションを受けたこともある。お笑い芸人を志したこともある。動画を投稿したこともある。でもどれもいまいち上手くいかなかった。その分野で目立った人達を眺めているばかりだった。

そもそも自分は目立ちたいだけで、演劇にも芸能にもお笑いにも動画投稿にもそこまで興味がない。だから駄目なんだ。それがわかった。

それでも胸の奥にくすぶる『他人からどんな形でも良いから注目されたい』という気持ちが消えずに日々膨れ上がっていること。

「有村さんが、藤倉と付き合いだして急に注目されるようになって、羨ましかった……それでなんとなく、目立ってる有村さんとも仲良くなりたくて……話しかけてたんだけど」

そんな理由で話しかけられていたのか。

「というわけなんだ。そのお役目！　あたしにやらせてよ！　人から何言われても平気だからさ」

一瞬言葉を失ってしまった。野田さんはニコニコしていてやる気満々だ。確かに、この間のあれを見ても彼女はたくましい。

どんな形でも人から注目されているならば、何か言われてもストレスには感じない。瑛太のことを好きなわけでもないので条件にも合致している。

「嫌だよ。俺だって誰でもいいわけじゃないし」

彼女の提案はわたしが口を開く前に、瑛太によって却下された。

「は？　何贅沢言ってんのよ！　アンタに選ぶ権利あると思ってんの？」

瑛太、選ぶ権利、人一倍持っている方だと思うけど……。というか野田さん、仮でも付き合いたい相手にその態度……なんかすごい。雑にアクティブ。思い付いた時の爆発力はあるけど、思いやりがなくて計画性が乏しいタイプ。

「だってさぁ、フリったって、こうやって休み時間に話したりするわけだしさ、会って楽しくない奴、話が合わない奴は嫌だし……」

「くぅッ！　我が儘！」

「何が悪いんだよ！　嘘でも俺の彼女なんだぞ！」

聞いててちょっと感動してしまった。条件が合えば誰でもいいわけじゃないんだ。

野田さんがワナワナ震えている。ぱっとわたしを見た。

「有村さんは？　迷惑してるんじゃないの？」

「いや、結構楽しいけど」

「マジで⁈」

驚きの声をあげたのは瑛太の方だった。なんでこっちが驚いてんの。

「瑛太、嫌だと思ってたの？」

「いや、そこまでじゃないけど……なんというか……必要にかられてかと……」

「そんなことない……」

「そっか……」

「うおぉ！　なんだってのよ！」

ちょっとほのぼのしているところ野田さんの怒号が割り込む。

「言いふらしてやる！　アンタ達の関係嘘だって！　言いまわってやる！」

すごい。臆面もなく悪役のように吐いた。しかし瑛太は動じない。

「別に……構わないけど。なんか聞かれたらそんなの嘘で、上手くいってるって言うだけだし」

瑛太は普段からなんだかんだ見られ慣れているせいなのか、妙な気の大きさがある。わたしのように小市民で生きてきた人間は見てて感心する。

「キィ」とおよそ聞かない悔し気な声を出して、野田さんはのしのし扉の方へ向かった。個性なんだろうけど、仕草がいちいち演技がかっている。

「あ、野田さん」

「なによ！」

「わたしに用事って、なんだったの？」

「そんなもの本当はないわよ！　通りがかりに目立つふたりが食べてるのが見えたから覗いていただけだ！」

「……」

バン、と無駄に激しい音で扉が閉められた。

嵐のような野田さんが去ると、教室は静かになった。

「でさ……三月までは念のため、付き合い続けた方がいいんじゃないかなー……とか。今別れたらまた来るかもじゃん」

「え、うん」

「尚、もうしばらく、彼女役頼める？」

「うん……でも、野田さん、大丈夫かな」

「本人達が付き合ってるって言ってんのに、知らん奴がひとりで嘘だって騒いでも、誰も信じねーだろ」

＊

しかし、話はそう簡単ではなかった。

偽りの関係はきちんと怪しまれ始めた。

野田さんがどんな風に言いまわっているのかは不明だけれど、周りが少しずつ疑いの目を向けるようになった。先に言いまわると宣言しているので正々堂々悪びれずに吹聴してまわっているようだ。まぁ、彼女はああいう人だから、ネタを持っていること自体が嬉しいんだろう。不思議と陰湿さは感じないので、困った面倒くさい人だなぁという感想だ。

最初はそこまで信じられていなかったけれど、火のないところに煙は立たないと思うのか、そもそも嘘の関係は本当に好き同士で付き合ってる人達とはどことなく違うのかもしれない。どうとは言えない違和感があるようだ。藤倉君の彼女は女の子を避けるためのニセ彼女、そんな噂がまことしやかに囁かれ始めていた。

くうちゃんが聞いてきた話によると、こんなことも言われていたらしい。

「有村さんて、本当に藤倉君のこと好きなのかな？」

「全然そう見えないんだけど」

「なんかおかしい。やっぱり嘘なんだ」

逆だ。逆。

確かに、いつも教室に遊びにくるのは瑛太の方だったし、わたしは本人にバレてはいけない気持ちがあるので必要以上に好きな感じは出していなかった。そもそもが、わかりにくいんだけど。

わたしはクラスの子にそれとなく聞かれたし、瑛太の方はそんな噂があるならと何人かに告白されたらしい。せっかく彼女がいるからそこそこ大人しくなっていた女の子達がチャンスを逃すまいと蠢《うごめ》きだしている。

空き教室で食事を終えた後、瑛太がぱんと手を打って立ち上がる。

「仕方ない……イチャつくか」

仕方ないのか。

「瑛太、どこ行くの」

「中庭」

中庭に出て、いつもなら端っこに行くところ、わざわざ人の多いエリアに来た。

「尚、そこに正座して」

「え、ここ?」

言われた通り正座すると瑛太が頷いて、膝に頭をのせてきた。

「あー……気持ちいい……」

青い空が抜ける秋日和は暖かだけど涼しい風が通っていて、そりゃ気持ち良いだろう。

しかし、わたしの方はそれどころではない。周りは当然ジロジロ見てるし、瑛太は目を閉じていればいいだろうが、わたしは顔を上げているし、どんな顔をするのが正解なのか、わからない。

心臓がボッボッボッボッボッボッと主張を始める。閉じられた瞼と形の良い鼻がいつもは見えない角度ですぐ近くにあった。髪の毛が風に揺れて手に触れる。

しばらくその状態で耐えた。江戸時代の拷問に石を抱くやつがあった気がする。それを思い出した。絵面は和やかでもまったくリラックスできない。そのうちにやっと昼休みが終わる予鈴が鳴った。あらぬ方に視線をやって微動だにしていなかったわたしは、ようやく解放されると思って彼の顔を見た。

「瑛太……？」

彼は気持ち良さそうに寝ていた。

むしょうに腹が立って、えいと立ち上がって瑛太の頭を落とした。

「ん……？」

ちょっとびっくりした感じに目覚めた瑛太はそれでもイケメンで、また腹が立つ。

そして、わたしの心臓の受難はそれだけじゃすまなかった。

放課後に教室に迎えにきた彼は「帰ろ」と言ってわたしの手をぎゅっと握った。

思わず喉の奥で「ヒッ」と声をあげて恐る恐る顔を見上げる。

「当分、これで帰るから」

瑛太は割と自分勝手な台詞を耳元で小声で言って、それから指を絡めた。

▼しつこい先輩

「あ、尚ちゃん？」

職員室の帰り、廊下で名前を呼ばれて振り向くと面識のある先輩が立っていた。

「桑野《くわの》先輩、こんにちは」

桑野先輩は眼鏡の、人の良さそうな見た目の演劇部の先輩。お兄ちゃんの後輩でわたしのストーカー役をやる予定だった人だ。

「そのせつはどうも」

「いえいえ、お役に立てず。面白そうだからやりたかったんだけどね」

「いえ、よかったです」

嘘のストーカー役なんて上手くいくとは思えない。わたしの方にボロが出そうだ。

「でも……大変みたいだね」

「あ、はい……三年の方まで話いってるんですか」

「まぁね。一部ではあるけど、やっぱり藤倉は目立つし、小規模なワイドショーだよ」

「ははぁ」

「今は付き合いが本当なのか嘘なのか、審議で盛り上がってる」

盛り上がるなよそんなことで。

「まぁ、実際嘘ですからね……」

桑野先輩はもちろん知っている。曖昧な笑みをこぼして「あまり校内でそういうこと口にしちゃ駄目だよ」と諭される。

「なんで本人達が付き合ってるってのに、疑うんですかね……」

不服を申し立てると先輩はちょっと面白そうに笑った。

「願望じゃない？　その方がいいって人が沢山いるんだ」

「なるほど」

「周りも結構うるさくて大変みたいだね……」

どこまで知っているのかはわからないけれど、先輩は彼と付き合うことでかかる負担をなんとなく察してくれているみたいだった。労わるような言葉が温かい。

「結局俺の出番なかったけど、そこは大丈夫だったんだ？」

「はい」

「上手くごまかせたんだね」

「向こうも困ってましたから。ストレスで参ってて、あまり細かい思考ができなかったんじゃないかと」

先輩は「なるほどね」と言ってまた笑った。

「でも、尚ちゃんが藤倉にいったの、意外だったなぁ」

「そうですか？」

「うん。どんな奴が好きなタイプかなとは前から思ってて……ていうか俺、前から尚ちゃんのこと、すごい気になってたんだよ」

「え、そうなんですか」

「尚ちゃんて、あまり感情が表に出ないでしょ。俺演劇部だから……ってわけでもないけど、そういう人、興味あって、優先輩にもよく話聞いてたんだ」

なるほど。そんなこともあるのか。

桑野先輩はお兄ちゃん達と中学も一緒だったから、家に遊びにきたりすることもあったけれどそこまで話すことはなかった。お兄ちゃんの話だと、お芝居に興味があって、部活では脚本と演者をやっている。ちょっと変わり者。それくらいしか知らない。でも物腰穏やかな彼に悪い印象はなかった。

「優先輩は元気？　電話では話したんだけど、その時は尚ちゃんのストーカー役の話しかしなかったから」

「はい、元気です。……また彼女変わったんですよ」

「何人目だろうね。相変わらずだなぁ……。陽先輩は？」

「全く変わらずひとりです」

先輩が笑って、なごやかな雰囲気になっていたところ、背後からどことなく尖った声がかけられた。

「尚、それ誰？」

瑛太だった。何かいきり立っているけど。先輩に『それ』はないいんじゃないのか。

「え、この人は……三年の桑野先輩」

「もしかして例のしつこい先輩？」

桑野先輩が笑いながら「あ、そうだね。そうそう」と間の抜けた相槌を打つ。

「先輩、こいつ俺の彼女なんで。みっともなくしつこくしないでください」

「はは。みっともないかな」

先輩は合わせてくれるけれど、わたしは猛烈に申し訳ない気持ちでいっぱいになった。

やっぱり駄目だ。こんないい人にしつこい人の役なんてやらせられない。良心が咎め過ぎる。

「いや、桑野先輩はもう彼女いるし……その、全然わたしのことなんて好きじゃないんだよ」

「いや、俺彼女いないよ。尚ちゃん可愛いなって思ってるし、本当に気になってるし」

何を言いだすんだこの人は。

ギョッとして先輩を見ると、真面目な顔をしていた。

「俺は、尚ちゃんがそいつと付き合ってても、幸せになれるとは思えないんだよね。さっさと別れた方がいいよ。藤倉には尚ちゃんはもったいない」

「尚が迷惑してるっていうのに、あんたなんなんだよ」

「俺の話はともかく。藤倉は、尚ちゃんが好きなの？　自分勝手に利用してるだけに思えるんだけど」

その言葉にドキッとした。瑛太よりわたしが聞きたくなかった言葉かもしれない。話がおかしな方に流れているし、なんとか軌道修正したいけれど、思考がロックしてしまった。頭を働かせようと思うのに、先輩の言うことがきわど過ぎて、そこになんて言って割り込めばいいのかわからない。頭が真っ白になっていく。

「藤倉は自分のせいで尚ちゃんが嫌な目にあったりしても気にしないの？」

微妙に話が通じていない感じに戸惑ったのか、瑛太が眉根を寄せて勢いを落とす。

「尚は……俺の彼女だし……」

「そんなの嘘で、女除けに利用してるだけでしょ。そういう噂だし」

瑛太が言葉に詰まる。そこで詰まっちゃ駄目だろう。先輩は付き合いが嘘なことは知っているからいいけど、もしそうじゃないなら認めているようなものだ。結局瑛太は嘘がつけない。

先輩が呆れたように首を横に振ってこちらを見た。

「尚ちゃん、やっぱりやめたら？　これはお薦めできない」

「嫌です」

「どこがいいの？　こんな見た目だけのガキくさい奴」

「ねえ……」

「おい……」

「あ、いえ、いいところもあるんです」

今ぱっとは思い付かないけど、あるんです。

ずっと拳を固く握っていたけれど、その手を開き軽く振って否定すると緊張が少し和らいだ。

「とりあえず、俺らは上手くいってるから……諦めろよ」

短気なんだろう。瑛太はイライラして物言いがどんどん乱暴になっている。

「うーん……尚ちゃん、こいつ好きなの？」

「……はい」

先輩がわたしの顔を覗き込む。とぼけた動きだけれど、まっすぐ目を見てくる。そのまま少し考えていたけれど、やがて諦めたようにふうと溜め息を吐いた。

「じゃあ、諦めない。これからもしつこくすることにするよ」

「は？　こいつ変態ストーカー過ぎるだろ！」

「そんなこと……」と言いかけて桑野先輩に睨まれる。本当はいい人なんだと、思わずフォローしたくなってしまったけれど、それをしてはいけない。

「変態ストーカーです」

認めると先輩が満足げに頷いた。

「またね」と呑気に手を振り去っていく。瑛太が背中を見ながら「なんだあいつ……」とこぼした。わからないでもない。

「確かにしつこそうというか……話が通じなさそうな先輩だな……」

会話の内容はだいぶ怪しかったけれど、瑛太の方も先輩に対して演技をしていて、しかもボロが出そうになっていたので、わたしや先輩の言葉がところどころおかしいのには気付かなかったようだ。

「尚……そんな嫌な目にあってたりする？」

「えっ、いや。それは、この間の幼馴染軍団以降全然ないから気にしなくていいよ」

少なくとも大きなものはない。細かなものは挙げればきりがないほど沢山あるけれど、それについては瑛太のせいだとは思ってない。恐らくはわたし以上に似たものを受けている彼もある意味では被害者だからだ。

「それなら……いいけど」

「うん。ほら、お互いさまだから。ありがとう」

そう言うとほっとしたように笑って息を吐いた。

「やっぱあいつが卒業するまでは付き合ってないと駄目だな」

「そうだね……そうして欲しい」

先輩はそういう方向で応援してくれたんだろう。彼がしつこくすると言えば、付き合いは続くから。

でも、本当にそれでいいんだろうか。

わたしの自分勝手な都合のために先輩にまで嘘をつかせてしまった。他人を巻き込んでしまった。嘘の規模が広がるような感覚は少し怖かった。

あと瑛太は途中言葉に詰まっていた。黙ったのは言われたくない部分で、きっと図星だからだ。元はわたしの方が持ちかけたことではあったけれど、彼にも『利用している』感覚がどこかにあったのかもしれない。

だからわたしは、彼が本当はわたしのことを好きではないという、ごく当たり前のことを思い出してしまった。

胸の奥に湧いた小さな落胆を、わたしは見なかったことにして閉じ込めた。

▼エクレアとクワガタ

噂はなかなか払拭されなかった。

始まり方が唐突だったせいも一因にあるらしい。藤倉君の周りにいなかったはずの彼女が急に湧いて出てきた。しかも誰も予想していなかった六十八番目。怪しめる、おかしなところが沢山あったのだろう。

それでも今のところはまだ平穏ではあった。

わたしのような普通の彼女ができたことで、なんとなく人間だと思い出したのか、人のものになったら興味がなくなったのか、軽い気持ちで追いまわしていた子達は消えた。コアな人達は残っているけれど、その人達は恋愛対象として見てるのでアイドル的な扱いはそこまでしていなかった。

けれどこの間、瑛太の写真を勝手に堂々と撮っている子がいたので危ない感じがした。

他の人が当たり前に持っている人間の尊厳がモテてる状態の瑛太には薄い。無遠慮にジロジロ眺めまわしたり、写真を撮ったり、個人的な情報を好き勝手に言われたり、大勢なら押し掛けて囲んでもいいような、人間ではないひとつの偶像となってしまう。

瑛太の、少し取り戻しつつあった人間の尊厳がまた薄れつつあった。彼は芸能人ではないし、そういうものを目指すのはたぶん性格的に向いていない。

都内の学校で抜けて目立っていると、どこかから聞きつけたスカウトが来る。彼にもちらほらあったようだけれど、断っていた。少しもったいないと思うけれど才能と適性は別なんだろう。

またあんな状態になったら辛そうだし、可哀想だ。なんとか疑いを晴らして普通の生活をさせてやりたくはある。しかし、どうやったら嘘ではないカップルに見えるのか、実際嘘のカップルなのでさっぱりわからない。


そんな時瑛太が噂を聞きつけてきた。

「なぁ、ずっと俺が疑われてると思って頑張ってたけど、どうも世間では、尚の方もかなり疑わしいと思われてるらしいぞ」

あ、それ聞いちゃったんだ。

できることなら耳に入れたくない情報だった。

「もうちょい、頼む。なんとかなんねえ？」

「そう言われても……」

「まぁ……尚は、そういう感じだもんなぁ……」

そういう感じ、でひとまとめ。

「尚は好きな奴いたことないの？　なんか前先輩がどうとか言ってなかった？」

「え、なんだっけ」

「忘れる程度の奴か……」

思い出した。前、お兄ちゃんの友達の先輩に憧れてるって言ったやつだ。とっさについた嘘とはいえ『しつこい先輩』と設定が被ってるじゃないか。雑だなわたし。

「まぁいいや。小学校時代、中学校時代、思い出して。ていうか尚って、好きな奴にどんな顔すんの？」

「わたしいつもこんな顔だけど……」

「だよなぁ……最近、もしかしてそんなに変わんねぇのかなとは思ってた」

「言いたいことは、わかったけど……細やかな表情の変化でそれをやるのは難しいかな」

よく考えたらわたしは瑛太が好きなんだからそれを隠さず出せばいいだけだ。隠さなくていいなんて、むしろありがたい状況のはずだ。しかし、ものすごく怒ってるときに「何ぼんやりしてんの」と言われたこともあるので、自分で全開にしたつもりでも、傍から見たらあまり変わらない可能性が高い。

その時廊下の端で「かずくん、だーい好き！」という明るい声が聞こえて、見ると女生徒が男子生徒に後ろからがばと抱きついていた。それを見ていた瑛太がぽんと小さく手を打った。

「あれだ！」

「えぇっ、無理無理無理無理」

「そんなに即答すんなよ。あのままじゃなくていい。尚にあったレベルまで下げてやるから」

「そうしてもらえると助かる」

「じゃあ練習。とりあえず、俺のこと、好きって言ってみて」

「わかった」

頷いて顔を上げた。

目の前に偉そうに腕組みした瑛太が立っている。改めて見ると何か迫力を感じる。

そして改めて見て、思うことは、格好良い。

意外性はまるでないが、結局好みだし、造作が整っていて、何分でも何時間でも見ていられる顔だ。シャツの第一ボタンが開いていて、そこから覗く肌が眩しい。頭の形、脚の長さ、骨格のバランス、全てが平均以上のデザインだ。

わたしは目の前にあるコレに好きと言う。本人のリクエストだから遠慮はいらない。そう思って口を開ける。

そして酸素を取り込み、何も言わずまた閉じた。

五分が経過した。

「あのさ……待ってるんだけど」

「うん……」

わかっている。すごい、待ってる感じがした。でも、なかなか出てこない。困っているところに、瑛太が呆れた顔でアシストを入れてきた。

「尚、好きな食べ物は？」

「エクレア……」

「じゃあ言ってみて、エクレアが好き」

「え、エクレアが好き……」

「十回続けて言って」

わたしは仕方なくエクレアへの想いを十回連続で打ち明けた。帰ったらエクレア食べよう。

「応用。俺を好きって言ってみて」

「オレオ？」

「俺！　瑛太！　ふざけない！」

ふざけてないけど。エクレアの流れでお菓子かと思った。

「はい、言って」

「エイタガスキ」

「新種のクワガタじゃねえんだから！　もっと人間らしく！」

クワガタて。なんでそんなピリピリしてるんだ。焦るじゃないか。

「ちょっと、せかさないで、ちゃんと言うから」

「一分以上は待たないからな！」

「わ、わかったから少しだまれ」

手を前に出して制止すると、しぶしぶといった感じではあるが、瑛太がまた待機の体勢に入った。

深呼吸する。顔を上げる。向かい合っている彼の方を見る。自分の目なのによほど泳いでいるのか目玉カメラの画面がガタガタ揺れる。

なんとか精神力で瞳のところにピントを合わせて止める。数秒、静止。口を開く。

「瑛太、好き……だよ」

蚊の鳴くような声で言って、あまりの恥ずかしさに下を向く。

「うわ」

瑛太が口元を押さえた。

「尚、何ちょっと赤くなってんだよ」

「だってこんなの、演技でも言ったことないし……」

「赤くなられるとやりづれえよ。尚のくせに照れすぎ」

「さ、さすがに顔色まで調整できないし」

無駄に注文が多いし我が儘だ。恥ずかしい告白をさせられて、照れることも許されないなんて横暴にもほどがある。

「じゃあ、もう一回」

「ええ……ちょっと休憩入れない？」

「なんの休憩だよ。好きくらい、おはようおやすみこんにちはと同じくらいの軽さで言えるようになれ」

「それじゃもう人格が変わってるよ……」

かくして、しょうもない特訓は続けられた。

＊

帰り際、下駄箱のところに生徒が固まっている時間にそれは決行することになった。あの恥ずかしい特訓の成果は、沢山の人に見てもらわなければ意味がない。

人前で何故前触れもなくこんなことを、とは思うけれど発端となった「かずくんだーい好き」も前後関係は気にならなかった。かずくん大好き、エクレア大好き、瑛太大好き、思った時が言い時、恋する若者はそういうものなんだろうと自らを納得させる。

瑛太の顔を見ると頷くので、予定通り告白をした。

「好きだよ」

そんなに大きな声でもなかったけど、もともと瑛太がそこにいるだけで周りの意識は多少こちらに集中しやすかったのだろう。わたしの唐突な告白は意外と注目を浴びた。少なくとも声が聞こえる範囲内の人間はこちらをちらりと見た。びっくりした顔の人、ニヤニヤ笑いの人もいる。瑛太がしれっとした顔で言う。

「……俺も」

バカップルにしか思えないが、そのまま靴を履いて昇降口を出た。

「クソ恥ずかしいな、これ……」

少し行ったところで瑛太が小声でぼやく。自分で言い出したくせに……。そう思いながらもこくこく頷き同意する。恥ずかしいなんてもんじゃない。羽があるならここから飛び立ちたい。いっそ気化したい。

いつもバカップルを演じてるのは気疲れするという理由で駅までは人通りの少ない道を通ることもある。今日はそっちルートらしい。勝手に細い、少し遠回りな道に入った瑛太が言う。

「これで終わりじゃねえからな。これからちょいちょいやってくよ」

「ええ……」

「だいたい、尚の告りまだ下手くそだし。練習しておいて」

「なんでそんな馬鹿みたいな練習を……」

「元はと言えば、尚が全然好きじゃなさそうなのが悪いんだろ」

「あはぁ……」

「返事は⁈」

「お、おー……」

やる気のない返事をして何故こんなに恥ずかしいのかを分析する。単純に慣れてないからだろうか。でもこれは本当のことだ。嘘をつくわけじゃないんだから。真に迫って言えていいはずだ。

エイタガスキエイタガスキ。エイタガスキ。

ぶつぶつと新種のクワガタの名前を頭の中で唱えながら駅までの道を歩く。

好き、好きだよ、好きです。

そもそも好きなんだから。好き。大好き。

だんだん調子が出てきた。

前を行く後頭部を眺めて思う。好き。

それから一度空を見て、また後頭部に視線を戻す。好き。好きだ。

突如万能感が胸に広がった。

あれ？　言える！　今なら言える。

わたしの気持ち。

「瑛太！」

少し前を歩いていた瑛太が立ち止まって振り返る。

「好き。本当に……好き」

瑛太は軽く目を見開いて思いきり赤くなった。しかし、辺りをぐるりと見まわして、溜め息を吐く。

「上手かったけど……。人がいないところで言ってどうすんだよ……」

▼冬が来て、

「尚、終業式の日、遊びにいかない？　俺の友達が彼女連れてくるって言うから、四人で一緒に」

「いいよ」

終業式といえばちょうどクリスマスイブだった。ニセ彼女としてはそんなイベント本来関係ないところだけれど、どさくさ紛れに会って遊べるなら嬉しいに決まっている。

「瑛太の友達って？」

「最近よく話してる同じクラスの奴で……彼女の方はクラスが違うから俺も面識ない

んだけど」

「へえ」

瑛太はクラスで順調に男友達を作っているようだったけれど、まだそこまで多くはないし、付き合いも浅いようなので親密さを深めたい。独り身の男子はあまり近寄ってこない上たまに話しかけられると、合コンに誘ってきて客寄せ要員にされそうになるとかいって、話すのは彼女持ちが多いようだった。

「彼女いるのに合コン誘われるんだ?」

「みんなこっそり行ってるし、とか言われる」

「そうなのかな……」

「さあな」

＊

終業式の後、まだ彼女は来ていないけれど、わたしと瑛太とその友達が昇降口付近に揃った。

「どーも、よろしくっす」

快活に笑った彼は矢中恭平《やなかきょうへい》君。髪色が明るくてやや面長で、受け口で唇が薄い。なんとなくわたしの頭の中の勝手なイメージの『サッカー選手』を連想させる顔だったけれど、特にサッカー部員ではないらしい。

「あ、来た来た」

ブンブンと大きく手を振って現れたその彼女は、大野瑠美《おおのるみ》ちゃんというらしい。

メイクの濃さ、髪の巻き方からして、可愛さに全力を注いでいる。わたしもそれなりには頑張ってはいるつもりだったけれど、全体的に彼女ほど思いきれていない。彼女は睫毛、チーク、グロスも、全てが威勢良く盛られている。この辺は好みもあるので、安易にそのまま真似したいとは思えないけれど、可愛くしようとしている子を見ると身が引き締まる。

馴れ初めとしては渡り廊下で吹奏楽部の練習をしていた彼女を、軽音部の彼が見つけて、見初めたことらしい。彼の方から声をかけて仲良くなって、まだ付き合って二週間くらい、ということだった。ほやほやだ。聞いてるだけでほっこりする。

「瑠美。可愛いだろ」

矢中君は隣に並んだ彼女を紹介して、嬉しそうに笑いながら惚気《のろけ》た。

わたしはなんだか微笑ましい気持ちになったし、瑛太もそう感じたんだろう。「そうだな」と言って笑った。

瑠美ちゃんは「えへへ」と笑って長い髪をもてあそぶように触った。それから元気に言う。

「どこ行くのー？」

「実はさっ！　どこ行くか決めてないんだけど」

矢中君が笑いながら言うと瑠美ちゃんが「えぇー、寒いし！」と不満を前面に出して膨れる。わたしと正反対で表情の起伏の大きい子だ。

「とりあえずあったかいものでも飲みながら、どこに行くか考えようぜ」

瑛太が言ってそれにまた瑠美ちゃんが元気良く「さんせーい」と言って全員で歩きだす。

そうして入ったカフェで瑠美ちゃんは何故か、瑛太の隣にすとんと座った。

「藤倉、今日、よろしくねぇ」

恐らく、彼女以外の三人は「ん？」と思った。

カップルが二組いたら、大抵はカップル同士、そうでなくても女同士、男同士で隣合うのが普通かな、と思う。けれど、大したことでもないので流した。

「藤倉、何飲んでるのー？」

「カフェオレ」

「えー、瑠美もひとくち飲みたい」

「瑠美、あまり図々しくすんなよ」

無邪気なのかなんなのか、はしゃぐ瑠美ちゃんに矢中君が軽く諌《いさ》める。

「だってさ！　お互いのカレカノとしか話さないなら一緒に遊ぶ意味ないじゃん？」

ちょっと気になっていたのは、そう言いながらも、彼女は来てから一度もわたしの方を見ようとしなかった。

割と至近距離にいるので、意図的に見ないようにしない限りは視界に入ると思うんだけど。ただ、わたし自身が集まってからほとんど口を開いていなかったので、無視されている印象ではなかった。こちらも話しかけてないから今のところ、目が合わないだけな感じではある。

なんだかちょっと微妙な空気を感じながらも、矢中君が場を盛り上げて、みんなで同じ駅ビル内にあるカラオケに行くことになった。特別そこがよかったというよりは消極的理由だ。みんな、寒くてあまり動きたくなかったのだ。

カラオケで、瑠美ちゃんがやっぱり瑛太の隣に座ったのを見て、さすがに矢中君が「こっち」と呼んで隣に座らせようとしたけれど「えー、いいじゃーん」とバッサリ拒絶されてしまう。

矢中君が困った顔で、申し訳なさそうにわたしを見た。

その顔を見て、飼い犬が人前で全く主人の言うことを聞いてないような感じを連想してしまった。犬にたとえるのは失礼だけれど、矢中君と彼女の間に噛み合わないものを感じるのは確かだ。いつもはこんなじゃないのかもしれない。

「藤倉は何歌うのー？」

瑠美ちゃんは相変わらずニコニコしながら瑛太に話しかけている。彼女は今日枕に「藤倉」がついてない言葉はほとんど発していない気がする。彼氏である矢中君の言葉には反発して、瑛太の言うことにばかり賛同している。

最初はちょっと気になるけれど、わざわざ言うほどでもないかな、という程度だったけれど、どんどん露骨になってきている。

瑛太もイラついてはいるようだったけれど、友達の彼女にそこまで無礼な対応はできない。大袈裟な拒絶は場の空気を悪くする。結局上手い対応をできずにいた。

どうしたものか。

幸いというか、わたしは四人の中で一番蚊帳の外感が強かったので、気詰まりなピリピリした空間を抜けてトイレに出た。鏡の前で前髪を直して、少し考えたけれど何もいいアイデアは浮かばなかった。

本物の彼女だったら、もう少し上手いアシストというか、助け舟が出せるんだろうか。瑛太が友達を大切にしたいことを知っているので、やっぱりあの場で瑠美ちゃんと喧嘩になるようなことは避けたい。

部屋に戻ってきたら、相変わらずはしゃぐ彼女、その至近距離の隣で困ってる瑛太、少し離れたところに矢中君が足を組んでぶすったれた顔で座っているのが目に入る。控えめに言って地獄絵図は加速していた。

今気が付いたけれど、いつの間にか瑠美ちゃんの「藤倉」呼びが「瑛太」に変わっている。部屋の中には彼女の明るい声だけが響く。

もう、どう考えてもこれは、そういうやつだ。気のせいにはどうやっても思えないし、矢中君が気の毒過ぎる。

気まずい。

どうしていいかわからない。

もう一回トイレに行きたい、なんならそのまま帰りたい。

わたしももちろん愉快ではないけれど、それ以上に矢中君を見るたびにいたたまれない気持ちになる。

矢中君はずっとイライラしていたようだったけれど、瑠美ちゃんが瑛太と写真を撮りたがって、唐突にキレた。

「おい、瑠美！　いい加減にしろよ！」

矢中君がついに怒鳴った。

「なに！　大きな声出さないで！」

「お前！　ちょっと来いよ」

「きゃー！　大きい声出さないでよ！」

しかし瑠美ちゃんのキンキン声も相当でかい。どたんばたん。取っ組み合いまでいかない軽い揉み合いが始まった。

瑠美ちゃんは矢中君に腕を掴まれて大声で「きゃー」「暴力」「助けて」と騒いでいたけれど、その大きな高い声がヒートアップを加速させている感じがする。

「お前さっきから何してんだよ！　藤倉の彼女もいるのに！」

「仲良くしようとしてただけじゃん！　何キレてんの！　何キレてんの！　キャー！」

「うるせえよ！　キーキー騒ぐな！」

「そっちが先に怒鳴ったんじゃん！　やだマジキモい！　キャー！」

そのうちに本格的な言い合いになっていく。

こんなところで喧嘩されたら気まずいにもほどがある。でもまぁ、無理もない。

瑛太が立ち上がって横に来て、わたしの腕を取って引く。

「俺ら、先帰るな」

言い争いは続いている。そのまま扉を開けて、わたしが先に部屋を出された。

瑛太が扉を覗き込んで小さな声で言った「矢中、またな……」の言葉に、返事はなかった。

扉を閉めて瑛太がさっさと歩き出す。

「大丈夫かな……矢中君、カッとなって殴ったりとか……」

「んなこと知らねえよ」

身も蓋もなく返された。

確かに知ったことではないけれど……瑛太もかなり不機嫌だった。

結局一曲も歌わずにそこを出た。外はいつの間にか粉雪が舞っていた。

「遅くなったな……送ってく」

「あ、わたし、バスで帰る……」

すぐ近くに家の最寄りまで行くバスが走っているのが見えたので、電車を使わずに帰ることにした。電車より少し時間がかかるけれど、バス停の方が最寄り駅より自宅に近い。瑛太に手を振ってバス停のベンチに座ると、バスが来るまでいてくれるのか、わたしの隣に腰掛けた。

バスは行ったばかりなのか、停留所は閑散としていた。すっかり日は暮れて、薄暗い中、粉雪がちらちら舞う。

「尚、ごめん……クリスマスイブなのにな……」

「瑛太が悪いんじゃないよ……」

そう言ったけれど、彼は友達をなくしたことで落ち込んでいた。

「なんで女って恋愛のことばっか必死なんだろうな……」

「……」

わたしには、何も答えられない。うつむいて座っている瑛太の方も、なんとなく、見れない。だってきっと、わたしも変わらないから。

冬の寒さで鼻の頭が痛かった。息を吐いて白くなるのを見つめて遊ぶ。矢中君が困った顔で申し訳なさそうにわたしを見たその時の顔が頭に残っている。

「尚は……そういう女とは違うよな……」

瑛太が隣でうつむいたままぼそりと言う。

「………うん」

ぎこちなく頷くと安心したように肩に頭を預けてきた。

そのまま、バスが来るまで、わたし達は黙って座っていた。

▼年末年始

年末、居間には兄妹が揃ってテレビの前でコタツを囲み、お蕎麦を食べていた。両親は明日早起きして初日の出を見にいくとかで、さっさと寝てしまっている。

わたしは瑛太の話をして、兄達相手にだらだらと最近あった出来事や現状をしゃべっていた。

「聞いてると、彼女ができてもすごいモテっぷりなんだね藤倉君」

「だいぶ落ち着いてきたと思うけど……」

「尚が麻痺してきただけじゃないの」

「そんなことないよ。少しは良くなっていってる」

優兄がお蕎麦のツユを飲んで息を吐いて、しみじみした顔で首を横に振る。

「藤倉君は尚のこと好きにならない限り人並みの幸せはないね」

「んなわけねえだろ」

蜜柑の皮を剥きながら陽兄が突っ込む。

「人並みの幸せがないだけ。このままだと一年後には変わってる」

「……そうなの？」

「この間のカラオケの話あったじゃない？　あんなのも、一年後なら目の前で友達の女連れてその場を抜けるようになるよ」

「ひえぇ。そんな人いるの？」

「色々麻痺すると、そうなる奴はいる」

「瑛太はそんな風にはならないと思うよ。あの時もすごく怒ってたし」

「今はまだ若さ故の潔癖さや正義感が勝っているけど……性欲が高まると男は変わる

からね。一回吹っ切れちゃえばもうあとは雪崩式」

怖い……。

「まぁ、尚は前から好きだったなんて口が裂けても言えないんだし、頑張って好きにさせて、向こうから告白させるしかないよ」

そうだった。騙してたことがバレたら人間不信。これだけ信頼されていると好きになりましたというのも言いにくい。

優兄は話しながら立ち上がってコートを着た。

「じゃあ、おれは彼女と初詣行くから」

「あ、行ってらっしゃい」

優兄が出ていったあとに陽兄とふたりで残された。テレビでは年末恒例の歌番組がやっている。

「……陽兄は彼女は？」

「聞かなくてもわかること聞くのよせよ！」

「ごめん……」

陽兄が溜め息をついて蜜柑の皮を掴み、見事なストロークでゴミ箱に投げ入れた。ぼさっと音がして思わずそちらを確認する。ちゃんと入っている。無駄な特技。

「よし、俺らも初詣……行くか」

「えっ、やったあ」

兄達は大学生だけど、お父さんのお古の車をもらって共有で使っている。今日は優
「寒いし車だな」

兄は電車で行くと言っていたので車は残っているはずだ。

自宅の駐車場には親の車しか停めるスペースはない。一緒に家を出て近所の駐車場まで歩く。年末年始らしい、静かだけれど家の中には人の気配があるような独特な空気が流れている。

「優は冷めてるっていうか……あいつはモテる分悲観的なんだよ」

「モテるのに悲観的なの？」

「だからだよ。その分男女間の嫌な部分も沢山見てるだろうからな」

「あぁ」

「ちなみに俺は経験がほぼない分夢見がちだ」

何か堂々と情けないことを言ってるけど……。

助手席に乗り込んだ時ポケットの携帯が震えた。見ると瑛太からだった。

通話ボタンを押して耳に当てると開口一番「ひま」と聞こえてくる。

「尚、何してんの」

「わたしは今からお兄ちゃんと初詣行くよ」

「いいなー……」

「一緒に行く？」

「いいの？」

「陽兄、瑛太も行っていい？」

「かまわねえぞ。そしたら拾ってくから、場所教えろ」

車を近くに停めて待っていると瑛太が出てきた。陽兄も降りて、瑛太と挨拶をする。

「こんばんは。藤倉です」

「俺は、尚の兄の陽」

瑛太はわたしの方を見て確認する。

「えっと、このお兄さんは、どっち？」

「モテない方」

「お前どういう話し方してんだよ！」

瑛太がいるので、揃って後部座席に乗り込んで、車が夜の道を発進した。

「瑛太、お兄ちゃんはわたし達の付き合いが嘘なこと知ってるから」

「あ、そうなんだ」

陽兄が運転しながら口を開く。

「尚は、優のさっき言ってた話、藤倉にしたことある？」

瑛太がわたしの顔を見て「なんの話？」と言う。

「うちのお兄ちゃん……モテる方のお兄ちゃんが言うには……瑛太はあと数年もしないうちに、変わっちゃうって」

「変わっちゃうって、どんな感じに？」

「えっと……」

どう表現しようか迷っていると陽兄が言葉を継ぐ。

「遊びまくりのやりちんになるんだってさ」

「……」

少しの間誰もしゃべらなくて、車の音だけがしていた。

「正直……そうなった方が楽かなーって、思ったことはある」

「え、そうなんだ……」

「俺も男だし……胸のでけー女とか、手当たり次第捕まえてそっちだけ満たして捨ててやろうかと思ったこともある」

「性欲と憎悪のミックスだな……なかなか歪んでる」

「でもなんかさ……それでいいのかなって、気持ちもあって」

「うん」

「俺今はこんな感じになっちゃってるけど、いつかちゃんとひとりの子好きになって、大切にしたいなって気持ちもぼんやりあって」

初めて瑛太の恋愛観を聞いた気がする。というか、失礼ながらそんなのまだないと思っていた。

「うちの兄貴、結構モテたんだけど、ずっと彼女一緒でさ……そーいうの見てるとなんか……」

「気にいったぞ‼」

陽兄の殿様めいた高らかな声が響きわたる。車のスピードが少し上がった。

「よ、陽兄……運転、気をつけて」

「藤倉、お前俺に似てるぞ！」

「え、えぇ？」

「尚、なんだその声は！　優みたいにつまんねーブスを何人も取っ替え引っ替えするより、大好きな可愛い彼女がひとりずっといた方がいいだろうが！」

なんてことを言うんだ……。誰かの名誉のために言うと優兄の歴代の彼女達は決してブスじゃない。みんな普通だ。単に陽兄が夢見がちで高望み過ぎるだけだ。ただ、優兄の彼女は本当にコロコロ変わってるので『大好きなたったひとりの可愛い彼女』

とは、言いがたい。言いたいことはわかる。

「尚は？」

　瑛太に聞かれてそちらを見る。

「何が？」

「恋愛観っていうか……そういうの」

「わ、わたし？」

　よほど恋愛体質で小学生の頃から彼氏がいた、とかでなければ高校一年生ではそこまで恋愛経験がない。わたしの今までの人生における恋愛は、たまに片思いをしていただけだ。ごく普通。平凡すぎて話す恋愛観などない。どう答えていいものか戸惑っていると陽兄が口を挟んだ。

「尚は、昔から、そこそこモテるんだけど、自分から好きになった人間しか相手にしようとしない。好きな奴ができたらその間は絶対よそにはなびかなくて、そのくせビビりで用心深くて、好きな相手には結局何もしないんだよ」

　瑛太が「へえ」と言ったがわたしも「へえ」と思った。陽兄、何年も兄をやってるだけあってよく見ている。

　確かにわたしは好きな人ができると大抵兄達に報告して、その間他の人に好かれても全く目に入らず、さりとて片思いの相手にも全く何もしないという一途ヘタレだった。大体が相手に彼女ができたり、人づてに好きな人がいると聞いたりして何もせず自動的に失恋するパターン。わたしが失恋したことを相手が知ることすらない。なんにせよ行動したのは瑛太が初めてだった。

「用心深いってのは、傷付きやすさの裏返しだろ……もっと簡単に伝えにいく奴だってたくさんいる」

陽兄がぽつりと言って、わたしは黙り込む。

「俺は、尚には向こうから来てくれる奴がいいんじゃないかと思ってるんだよ……。ウザいくらい好き好き来てくれる奴。その方が傷付かないし、大切にしてもらえるだろ」

「お兄ちゃん……」

陽兄は最初瑛太のことを反対していた。単にモテる人間が妬ましくて気にくわないというだけではなかったのかもしれない。

「藤倉、四月になったら尚とは別れるのか？」

「いや……それはまだ……」

「お前は尚が誰かに好かれて大事にされるかもしれないチャンスをつぶしてんだからな。お前みたいなニセ彼氏が隣にいたら、男は寄ってこれねえだろ」

苛立ちまぎれに言っているが、元はと言えばわたしが瑛太を好きで企てたことだ。

薄くなってきたが交換条件だってある。わかってて言ってる分たちが悪い。

そこで車が目的地付近に着いて、話はなんとなく途切れた。

年末の夜の神社は人が沢山だった。

お賽銭には行列ができている。着物の女性。家族連れ。半裸のたくましい男性達が餅をついていたりと賑わっている。

わたし達はつきたてのお餅を買って食べて、並んでお参りをした。おみくじをひいて、陽兄の大凶に笑った。瑛太は大吉。わたしは小吉だった。まるで人生の持ってるアベレージを象徴するかのような結果だった。

帰る前にお手洗いに行った。女性用は長い列ができていて、こういう時は男性が羨ましい。というか、中で一体何をしているんだろうと思うくらい遅い人が沢山いる。

また車で帰路について、瑛太は陽兄にお礼を言って、わたしに「尚、またね」と手を振り、車を降りた。

瑛太が降りたので、助手席に座り直した。暗い帰り道を進む車中でウトウトしていると、陽兄ちゃんがぼそりと呟くように言う。

「俺、お前がいなかった時に藤倉に聞いたんだよ」

「何を？」

「尚のことどう思ってるか」

「そ……そんなこと勝手に聞いたの？」

「うん。返答によってはお前には黙ってようと思って……冗談みたいにして聞いたんだよ」

「じゃあ、なんでそれわたしに言うの」

「うん。あいつ、『俺がどう思おうと、尚は俺のこと好きじゃない』って言い切ってたぞ」

あまり答えになっていない。はぐらかしにも聞こえるし、なんとも言えない回答だ。

「あれだけ嬉しそうにそれを言えるってさ、あいつにとって相当尚が救いだったんだろうな……」

わたしが彼に恋愛感情を向けていないことが救いだったとしたら、そもそも恋愛対象になり得るのだろうか。

「でも、それと尚を好きにならないかは別だと思うぜ」

「そう、なのかな？」

「うん。……人間の感情なんてそんなにはっきり割り切れてないっていうか、色々混ざり合ってぼんやりしてんじゃねえかな」

「うーん……」

「まぁ、でも尚は自分のこと好きじゃないって思ってるなら、もし好きになっても告白はしにくいだろうな……」

「あ、」

そうなる。最初から失恋すると思って告白する人はそんなにはいない。しかもさっき陽兄が言ってしまった。わたしは自分から好きになった相手しか見ないタイプだと。

わたしの方からは前から好きだったなんて絶対言えない。これだけ信頼されていると、後から好きになったなんてのも裏切りに感じられるかもしれない。

関係を近付けるための作戦で、関係が進みようがない状態が作られてしまっていた。

▼顔が気になる

冬休みは短い。気付けばもう始業式だった。

体育館で集まって並んでいると、後ろの方から男子生徒の話す声が聞こえる。

「藤倉の、どれ？」

「ほら、あれ」

「おだんごの？」

「その後ろ」

「ああ、わかった」

そんなやりとりが聞こえる。わたしの前にはおだんごの子がいた。藤倉のって言っていたし、わたしのことだろうか。

なんとなく振り向いて見ると、その話をしていた男子達と目が合ってしまった。こちらを見ていたんだからそうなるだろう。

そのまま見ているわけにもいかず、ぱっと顔を前に戻す。

「今の」

「そういう系か」

そういう系。

わたしの頭にどでかいハテナマークが浮かんだ。

「可愛いじゃん」でも「あんなブスが？」でもない、どうとでも受け取れる謎の感想にムズムズする。というか、この距離だと会話が聞こえる。それをまずわきまえて、もっとヒソヒソして欲しい。

＊

帰宅すると居間で優兄がこたつに入っていた。

「今日桑野と会ったよ」

「あ、先輩元気だった？　わたしも校内で一度だけ会ったんだよ」

「うん、尚のこと聞かれた」

「え、何を？」

「何ってんじゃないけどさ。あいつ昔から尚のことお気に入りでさ、来るたびに尚ちゃんは？　って聞かれたし、そうでなくても話聞きたがるんだよ」

「そうだったんだ」

本人も似たようなことは言っていた。表情が薄いから面白いとかなんとか。

「本人が隠してないようだったから解禁するけど、桑野は本当は、尚ともっと仲良くなりたかったんだと……藤倉が出てきちゃったから……残念がってた」

「残念なの？」

「尚は表情薄いけど不思議な可愛さがあるから……昔から一部にはモテるんだよ」

「一部に……」

余計な枕詞を付けないで欲しかった。それはマニアック、ということだろうか。

確かに瑛太みたいに大勢じゃないけれど、好きと言ってくれる人は昔からたまにいた。

「うん、なんか、大人しいから目立つタイプでもないけど、雰囲気でちょっかいかけたくなる人間がいるみたいね」

「尚は顔も可愛いぞ」

帰宅した陽兄が話の流れも知らず割り込んできた。

「おれだって尚は可愛いと思ってるよ！　……ただ、派手さはないから印象は薄いかなって」

「そこがいいとこじゃねえか」

「だから、おれだって思ってるよ！　……雰囲気があるから、そこにハマる人は多いって意味で……」

優兄が陽兄に張り合って褒めてくる。

割と大絶賛だが忘れちゃいけない。このふたりは身内、しかも軽い兄馬鹿を患った身内だ。あまり信用してはいけない。

わたしは今日始業式で言われた「そういう系か」を思い出して急激に気になってきた。

お母さんが入ってきて「なんの話？」とニコニコ聞いてくる。

「お母さん、わたしの顔、どんな感じ？　どういう系？」

「可愛い！　すごく可愛い系！」

駄目だ。この人達は客観性を欠いている。

これじゃ本当のところがわからない。

しかし、友達に聞いても正直に答えてくれるはずもない。わたしがもし、くうちゃんに同じことを聞かれても「可愛いよ」としか答えようがない。

歳頃の女子高生としては本当のところというか、客観的評価が知りたい。

人は顔じゃない。そんなのわかっている。

でも、そんなこと言っても周りの評価の一部に見た目が入るのは確かで動かせない事実だ。その中で生きていかなくちゃいけない。

思春期で女子ならなおさら、自分の見てくれを気にしないでいるなんて難しい。

なんだか急に心配になってきた。

自室に戻って鏡をじっと見ても、鼻の形がおかしいかも、とか、今まで気にならなかったことが気になってくる。わからない。

わたしから見たら可愛い子が自信なさげにしているのを見たことがある。わたしから見て面白い顔の子が「あたし顔には自信あるから」って言ってるのを見た。鏡と身内は本当に当てにならない。

そういえばこの間女子の会話で「吉田《よしだ》って結構イケメンじゃね」の声に「は？　ありえないでしょ」と返されてるのを見た。確かに吉田君はちょっと特徴的だけれど、好きな人は好きな顔な気がする。このように、往々にして好みがあるから単純に判断できないところもある。

自分の顔がそこまで好みが分かれるものなのかどうか、そこも気になる。見る人が見れば可愛い。でも、別の人から見たらブス。そうなるともう本人にはよくわからないんじゃないだろうか。そういう顔だと理解するまでに時間がかかりそうだし、ややこしい。

いや、時代や国で美醜の感覚は変わるのだから、現代日本において好みの差があれど一部の特殊な人にでも魅力的に映ったならば、それはもう思う人数が少ないだけで美形と言ってもいいのかもしれない。

でもそんなこと言ったら誰でも美形だし、一般的な、という意味の美形が存在するのだから、やっぱりそれは違う気もする。

もっと言うと顔だけじゃなく体型も見た目に含まれる。男でも筋肉系とガリガリ系では個人によってイケメンの定義がかなり分かれるし、女の子だと顔がいまいちでも胸が大きければモテたりする。顔に似合っていればぽっちゃりは肉感的、高身長は格好良いモデル系、低身長は可愛い系とか、そんな体型込みのトータルの仕上がりで美醜値は変わる。顔なんて、メイクが上達すればスタイルの方が重要になってくるかも……。

いや、そういうことじゃない。思考が逸れた。顔のこと考えてたのに。やたらと屁理屈を捏ねるのはわたしの悪い癖だ。

もう一度鏡に戻ってくる。考えた分だけ余計にわからなくなった。見れば見るほど顔面ゲシュタルト崩壊。文字でもないのにパーツとパーツが個々で独立して見えて、完成した顔がどんなものかわからなくなってしまった。悩みすぎて吐きそうだ。

わたしのことを好きではなく、気を使わずに率直にものを言いそうな人間に聞いてみたい。

……ひとり、心当たりがあった。

スマホを手に取って電話をかける。数コールで繋がった。

「瑛太、ちょっといい？」

「なに？」

「家でわたしの顔面について話してたんだけど……その、ブスとか、可愛いとか……正直にどう思う？」

瑛太がぐっと言葉に詰まった。

「俺は……可愛いと思うけど…………もしかして誰かになんか言われたりした？」

あ、そうきたか。

たぶん彼は、わたしが彼周りの女の子に「ブス」と言われて傷付けられたと思ったようだ。かなり心配そうに気を使った優しい声だった。

「いや、瑛太絡みで意地悪されたとかじゃなくて、単に客観的意見を誰かに聞いてみたくて」

「は?」

「興味本位だから、率直に答えて」

「……なんだよ! 心配したじゃねえか! そんなの知るか! 自分で考えろ! バカブス!」

ぶつりと通話が切れる。

短い会話の中で可愛いとブスが両方入っていた。どちらが本音とも取れないし、どちらも話の流れで考えずに言ってるようにしか思えない。

小学生男子に聞いても無駄だった……。

*

一晩中脳内で屁理屈を捏ねてしまった。

わたしはベッドに入った後も悩み続け、また思考が脱線して、起き上がって各国の美醜の基準についてネットで調べてしまい、寝不足だった。おまけにそれだけ悩んでも答えは出なかった。

お昼休み、中庭の芝生で瑛太とご飯を食べている時も朦朧《もうろう》としていて眠かった。

「尚、なんだよその顔は」

「眠い……」

「大好きな彼氏と飯食ってんだからもっと楽しそうにしろって。それでなくても表情薄いんだから」

「そんな四六時中浮かれまわってるカップルいないって」

「そうじゃなくて……」

「ん？」

「今朝、女に告られたんだよ……。ちゃんと仲良くしないと」

「あぁ……ちょっと悩みごとあってそれどころじゃない」

「悩みごと？」

「顔のこと」

「顔がどうとかこうとか！　女みたいなこと言うなよ！」

「女とか男とか関係ないのに、自分が悩んだことないからって……バカガキ」

「なんだよその態度！」

言いあっていると喧嘩か喧嘩か、と周りが注目しだす。

「あぁ、もう。おちおち喧嘩もできねえのかよ！　尚、ちょっとそこに寝ろ」

芝生を指でさされ、横になりたかったので素直にぱたんと倒れた。

気温は低いけれど、陽射しが暖かだった。

瑛太が隣に寝転んだ。

「頭上げて」

「んん？」

頭を軽くあげると腕を割り込ませてくる。これは、俗に言う、腕枕だ。立派な腕枕。

「これで落ち着いて喧嘩できるな」

「……」

こんな体勢で落ち着いて喧嘩してる人がいたら見てみたい。

「わたし……なんかドキドキする」

「は？」

睡眠不足だからだろうか。それにしても眠い。瑛太の馬鹿の喧嘩には付き合ってられない。わたしは引きずりこまれるような眠りに落ちて、昼休みの残りの時間を惰眠を貪って過ごした。

　夢うつつに女の子の声が聞こえる。

「……くらくーん……れい……鳴ったよー」

　瑛太の声がしてそれに答える。

「まだ寝てるから」

　さわさわと樹の葉が揺れる音がする。

　ゆっくりと目を開けると騒がしかった中庭は静かになっていた。

「うう、ん」

　目の前にある布に顔をぐりぐりしてぱっと身体を起こす。瑛太が目の前にいて、今が昼休みだったことを思い出した。あれ、ということは、わたしが今思いきり顔をぐりぐりしたのは瑛太のシャツか。

「あれ、授業は？」

「とっくに始まってるよ」

「……なんで起こしてくれなかったの」

「何度も起こしたでしょ……起きなかったのよ……って、なんだよ！　俺はお前のかーちゃんか！」

そう言えば寝ている時何度か肩を揺すられた気がする。あれは瑛太が起こそうとしていたのか。

「先に戻ればよかったのに……」

「こんなところで眠りこけてる奴置いて戻れるかよ。なんか寝相悪くてすぐ脚丸めるから、周りからスカートの中見えそうになるし！」

「ふん。誰も見ないよ」

「お前寝起き最悪だな！」

わたしは睡眠不足も手伝ってむしゃくしゃしていた。

「元はと言えば瑛太が悪いのに……藤倉の彼女だからって見られて……そっち系かって……そっちってどっちだよ！」

「は？　そんなん言わないでわかるわけないじゃないかよ。だいたいそれ、俺悪くなくない？」

「ねえ、そっち系ってどっち」

「そっちは、そっちだろ。それ以上でもそれ以下でもない。だいたいそんな気にするようなことじゃねえだろ」

「……気になるよ！」

「知らねえよ！」

「顔で悩んだことのない人間はこれだから嫌だ」

「尚、俺のことガキだガキだって言うけど……自分も大概だからな」

わたし達はその日若干険悪だった。

にも関わらず、中庭で授業をサボって猥褻《わいせつ》行為をしていたというとんでもない噂が広がり、対世間的な絆はより深まったのであった。

▼バレンタイン

つめたく冷えた空の遠くに、小さく鳥が飛んでいるのが見える。

二月に入り、中盤にはお決まりのイベントが控えている。瑛太は二月の頭頃からずっとブツブツ言っていて、憂鬱を隠しきれない様子だった。

「学校休もうかな……」

「家にいたってどうせ来るよ」

「怖いこと言うなよ……俺そういう話苦手なんだ」

何も怖いことなんて言ってない。チョコはお化けじゃない。

「でも……彼女持ちにチョコあげることないよな？」

「わたしは彼女持ちにはあげないタイプだけどさ、義理とか、記念とか、友チョコとか、義理に見せかけた本命とか、色々あるからね」

「中学の頃、義理チョコ家まで持ってこられて困惑したことあるんだよな……なんでそこまですんだろって」

「そりゃ本当は義理じゃないよ。義理って言っておけば振られはしないからね。それでいて可能性があれば上手くいくし……」

「ああ面倒くせえ……山にこもりたい……」

陽兄ちゃんが聞いたら発狂しそうな拒絶反応だ。

「そしたら、帰りにうちに来る？」

「尚んち？」

「うん。優兄はバレンタインはいないだろうけれど、陽兄は絶対いるよ。夕ご飯食べて、夜遅くまで避難してれば？」

「行く」

「学校はちゃんと行きなよ。どうせ休んでも机とか下駄箱とかに詰められるし、それ一日放置したらなんか汚いじゃない」

「わかったよ……」

「直接来る本命っぽいのは彼女以外からはもらわないって断りな。それから休み時間はなるべくわたしのところに来てれば、向こうは渡しにくいから」

「なるほど先生！」

瑛太は少し安心したのか「俺いい彼女持ったな〜」などと言いながら少し前を歩いていく。

付き合いだして四ヶ月が経っていた。

相変わらずわたしはニセ彼女で、進展はなかったけれど、たまにそれでよかったと思うこともある。

もし本物の彼女だったなら、バレンタインに瑛太に本命チョコをあげようとする可愛い女の子にもっと嫉妬していたかもしれない。やめて。取らないで欲しいと。焦っていたかもしれない。

しょせんニセ彼女。たまに辛くなることはあるけれど、反面、想われてはいないという感覚はわたしをいい具合に抑制して、関係を円滑に運ばせている気がする。それに、恋愛関係ではないから冷めて振られることもない。付き合っていないからこその余裕も存在するのだ。

＊

バレンタインの日、朝ご飯を食べている背中に陽兄が歯ブラシ片手に声をかけてくる。

「尚、今日、藤倉来るんだっけ」

「うん」

「俺いねえからな」

「え、そうなの？」

「バイト入った。代わって欲しいんだとよ……彼女持ち様がよぉ……」

そんな怨念のこもった声を出すくらいなら、最初から代わらなければいいのに……。

「優はいると思うから」

「なんで？」

「女に浮気されて、別れたんだと」

何か生々しい。

＊

学校はどことなく浮かれていた。そこここで、カップル成立、不成立だとか、女の子のきゃいきゃい騒ぐ声、モテない男子の恨み声が聞こえてくる。

「バレンタインだねぇ……」

「なんか中学の時より断然盛り上がってるよね」

くうちゃんとのんびり話しながら過ごす。

瑛太はできる限りわたしの教室に来て、戦々恐々とした顔でベッタリ張り付いていたけれど、教室移動もあるので全部の休み時間に姿を確認していたわけでもない。トイレにだって行くだろうしわたしも行く。完全警護は難しい。

その日の授業が終わるとものすごい早さで瑛太が迎えにきた。

「尚、早く。はやくはやくはやくー」

一刻も早く学校を出たいのか、ぐいぐい腕を引っ張られ「ちょっと待ちなさい」と手で制す。おもちゃ売場に行きたい幼児か。

しかし、彼の学校を出たい欲求は制止できなかったらしく、結局引きずられるようにして校門を出た。

「あれ？　瑛太、チョコは？」

思ったよりすっきりしている。鞄以外は手ぶらだし。

「直接持ってきた分は彼女以外からは受け取り拒否してるって言った。ロッカーは鍵かけて一日中開けなかった。机と下駄箱に投げ込まれてた分は通報した」

しい。

通報。なるほど、チョコは先生に見つかると没収だから、逆手に取って利用したらなんとか受け取らないように、結構頑張ったようだ。

あげた相手が気の毒とは思わない。

面識ある相手から直接ならまだしも、名前も知らない人の手作りかもしれない食べ物なんて、今日び受けとらない方が良い。勝手に置かれてたのならなおさらだ。

それにモテない男子生徒が「俺の陰毛入りチョコを混ぜておいてやるぜ」なんて冗談を言っていた。乙女心だなんだと言ったって、使っている牛乳がうっかり古いとも限らないし、とにかく危険なのだ。なお、市販の高級チョコに関してはこの限りではなく、素直にもったいないと思う。

瑛太は本当に一個ももらわなかったのかな。だとしたらすごいけど。

「俺ちょっと飲み物買う。待ってて」

一日闘っていたらしい瑛太が緊張から抜けて喉の渇きを訴えた。

財布を取り出して口が開いたままの鞄をわたしに預けていってしまったのでなんとなく隙間を覗き込む。

小さな四角い包装らしきものがひとつだけ見えた。

もらってるじゃん……。

しかも一個だけ。沢山より嫌なんだけど。

いや、瑛太のことだから勝手に鞄のファスナーを開けて入れられた可能性はある。だとしたら本人は知っているんだろうか。いや、今財布を出す時に開けて探っていたから、知らなければその時気付くはずだ。だとするとやっぱり、もらったんだろう。

誰からなんだろう。断りきれない女の子とか、いたんだろうか。なんとなく幼馴染の子の顔が浮かんで打ち消す。

いずれにせよ他人の鞄の中のことだ。チラ見しておいて聞けるようなことでもない。

わたしはと言えば、こんなに拒絶反応を示している人に義理でもあげる勇気は湧かず、最初から用意していない。

本当は万が一嫌がられたら傷付くからだけど。一個もらっているなら、買えばよかったかな。

＊

「ここ、うち」

「尚んちでけーな」

「古いんだけどね」

お母さん連れなので一応先に玄関のチャイムを押した。

お母さんがパタパタ出てきて目を丸くする。

「あら、わぁ、イケメンね？　尚ちゃんの彼氏？　学校の？　へぇぇ！　そおぉ？

あ、上がって上がって」

大興奮で迎え入れる。事前に言ってあったのに、何故そんなに驚いたようなリアクションができるのだろう。瑛太が目立つイケメンだからというわけでもなく、お母さん族の特徴な気もする。

「いらっしゃい」

優兄が居間にいて瑛太に挨拶した。

「うちの可愛い妹がいつもお世話になってます」

「あ、こっちがモテる方」

瑛太が挨拶した後、小声で確認してくるのでちょっと笑いそうになる。

「確かに顔は似てるけど、雰囲気は全然違うな」

「でしょ」

優兄ちゃんは髪も服もキレイめな感じ、陽兄はワイルド系だ。

陽兄がいると思っていた瑛太がふと気付いたように言う。

「あれ、今日は彼女とか、いいんですか」

「はは……うっかり浮気現場に踏み込んじゃってね……」

　さらに生々しい。

「それ悲惨すね」

　瑛太が言ってちゃっかりコタツに入る。

「尚は上手くやってる？　ニセ彼女」

「あ、はい。すげえ助かってます」

「それならよかった」

「どうだったんですか。浮気現場」

「あ、気になる？」

「まぁ、ちょっと」

「まずね、玄関先で……」

　瑛太が聞かなくていいことを聞くので、優兄が現場の阿鼻叫喚をものすごい臨場感で語りだす。わたしの手前、エロ表現はかなりマイルドで抑えめにしているが、彼女が思わず口走ったこととか、男の方の表情とか、まるで今まさに目の前で見ているものの実況のようで、彼の性格の執念深さが感じられる。

「それで、そいつは出ていったんだけど、慌て過ぎて靴下片方忘れてて、ずっと床に転がってんの……おれ、その後話しててもその汚い靴下ばっかりチラチラ目に入ってさ……」

話が佳境に入った頃お母さんが「夕飯できたわよ」と入ってくる。

「尚ちゃん、並べるの手伝って」

「うん。あれ、お父さんは？」

「残業で遅くなるから、先に食べてって」

「そう……」

「あ、そうだそうだ。瑛太君、玉子焼きが好きって聞いたから、沢山作ったよ。甘いやつ」

「マジすか！　ありがとうございます！」

そんなに夕飯ぽくないけど、喜んでるからいいか。

夕飯が並べられて、みんなで食べた。

玉子焼きに合わせるとどうしても和食になる。ご飯に味噌汁、煮物、お浸し、お漬物、メインは豚の角煮。所狭しとローテーブルに並ぶ。

瑛太はやっぱり真っ先に玉子焼きに箸をつけていた。美味い美味いと言ってばくばく食べるからお母さんも嬉しそうにしていた。

二十一時を越えた頃、瑛太が暇《いとま》を告げた。

体勢を崩していた優兄が半身を起こして言う。

「じゃあ、車で送ってくよ」

「いや、俺もう少し時間稼ぎたいんで、普通に電車で帰ります」

立ち上がって玄関に向かうので見送りについていく。

「あ、そうだ。尚」

瑛太が鞄から小さな包装を取り出した。帰りにチラ見したやつだ。

「これ、世話になってるから。食って」

「え……」

「俺はそうでもないけど、尚は好きだろ。チョコ」

「うん……」

「女の方がチョコ好きなのに、変なイベントだよな……」

「あ、ありがとう」

「またな」

瑛太は笑って出ていった。

「天然で……あれなんだろうね」

背後にいた優兄が、少し呆れた声で感想をもらす。

わたしはその小さな包みを胸にぎゅっと抱いて、意味もなく涙が出そうだった。

▼兄との関係

休み時間。いつもなら堂々とわたしの教室に入ってくる瑛太が扉の前で手招きしている。

「どしたの」

入口まで行くと背中を押されて廊下の端に移動させられる。

「尚に頼みがあるんだけど」

「なに?」

「日曜、うち来ない?」

「……瑛太の家?」

「……他にどこがあんだよ」

びっくりしてリピートしただけで、別に他があるとは思ってないんだけど。

「なんで?」

「親は出かけていないんだけど……うちの兄貴に会って欲しいんだよ」

「いいよ。あ、話してるの?　その……」

「ニセだってこと?　……言ってねえ」

「なんで、また……」

身内にまで嘘つくことないのに。

「うちは尚んちとは違うんだよ……」

「え、で、なんで会うのわたし……」

「それは……後で。来た時話すから……ここじゃちょっと」

周りをきょろきょろと見まわしながら言う。

校内では話せない理由……。

なんだなんだ。一体なんなのだ。

わたしとしてはもちろん好きな人の家に行けるのは嬉しいけれど、理由が謎すぎる。

＊

約束の日曜日。瑛太の自宅の最寄り駅に出ると迎えにきてくれた。

「一緒に昼飯だけ食ったら部屋行くから、そこまでよろしく。ニセ彼女」

そう言ってぽんと肩を叩く。なんだろう、そんな態度とられるとすごいお仕事みたいな。なんの使命なのかいまいちわからないのに、謎の緊張感だけは伝わってくる。

なんでいつもより無口なの。

一体何が起こるの。

そう思いつつも黙って後ろをついていく。駅から少し離れた住宅街の一角で瑛太が立ち止まる。

「そこ」と言われて見ると『藤倉』の表札が出ていた。

「綺麗な家だね」

「尚んちに比べると狭いけどな」

言うほど狭くもないし、和室が多い我が家と違ってこじゃれた洋風な作りで少し羨ましい。

瑛太に続いて玄関に入ると奥から「こんにちは」と言ってものすごい美人が出てきた。むちゃくちゃ可愛かった。

「…………ほぇっ」

「何妙な音声出してんだよ。兄貴の彼女」

思わず見入ってしまっていた。

美人の後ろから身体の大きな男性が出てきた。こちらは紹介がなくてもわかる。瑛太のお兄さんだ。マッチョイケメンだから系統は異なるけれど、顔全体の作りはよく似ている。この人も在学中相当モテたようだと聞いている。

四方八方美男美女に囲まれて動作停止していたけれど、思い出してぺこりと頭を下げる。

「有村尚です」

「……俺の彼女」

ふたりともニコニコ笑って迎えてくれた。

わたしみたいな無愛想な顔の人間にもすごく感じが良い。

「パエリア作ったから、みんなで食べようと思って」

それで行きがけに魚介類が大丈夫か聞かれたのか。見るとテーブルの上に綺麗に料理が並んでいた。すごい。美味しそう。お店みたいだった。

「綺麗……」

「本当？　頑張ったの。ありがとう」

ものすごく可愛い笑みを向けられて、照れた。もちろん顔には出ていないと思うけれど、女の人に笑いかけられて頰が熱くなったのなんて初めてだ。

「じゃあ、食べよう。有村さんも座って」

お兄さんに何やら良い声で言われて、萎縮《いしゅく》しつつも瑛太の隣に座った。

「……すごく美味しいです」

素直に感想を言うとお兄さんの彼女がふんわり笑って言う。

「嬉しい！　沢山食べてね」

やばい。何この人。可愛い。表情も声も仕草も何もかもが超絶可愛い。

瑛太のお兄さんの彼女の恵麻《えま》さんは控えめにいっても、むちゃくちゃ素敵だった。美人だけど可愛い。雰囲気は柔らか。それでいてしっかりしていて、完璧かと思いきやちょっと抜けた部分まであるのがまた可愛い。小顔で脚が長くて、腰が細いのに胸はほどよく大きい。本当に完璧な理想彼女。

前、陽兄が言ってた、『何人もの彼女より、たったひとりの可愛い彼女』のサンプルみたいな人だった。

瑛太の様子から、何か特別な話でもあるのかと思いきや、なごやかな感じに食事は進んだ。

恵麻さんが明るく場を盛り上げて、それを彼氏であるお兄さんが優しく笑って頷く。なんという安定感のあるカップルなんだ。わたしなんて偽りの彼女な上に、隣にいる彼氏は何故かずっとぶすったれてるのに……。色々意味がわからないのに……。

＊

「あー、疲れた」

瑛太がこぼして自分のベッドに背中からぼすんと沈む。

なんとなく部屋を見まわしていたけれど、ふと気付く。

「なんで瑛太が疲れてるの」

わたしも壁を背にして床にぺたんと座り込んだ。

「どうだった？」

「え、すっごい可愛いし、綺麗だし、ほわほわしてて、優しくて……素晴らしい人だと思うよ」

「ガチガチでいかつくてぶん投げそうなカラダしてると思うけど……」

「今の感想聞いてなんでお兄さんの方だと思えるの……恵麻さんの感想だよ……」

「あぁ、あの人ね……」

「瑛太はあの人、好きにならなかったの？」

「たぶん姉になるんだろうし……普通に好きだよ」

「そうじゃなくてさ、学校にいる子達とは何かもう世界が違うじゃない……あんな人近くにいて好きにならなかったの？」

「……なんねえよ」

ちょっと気になっていたことを聞く。

「瑛太、ずっとツンツンしてたけど、もしかしてお兄さんと関係微妙なの？」

「……」

瑛太は天井を見たまま黙りこくった。

「そういえば……わたし、なんで今日来たの」

まさか、美男美女を前に美味しいご飯を食べるためだけに呼ばれたとも思えないんだけど……でも、どうやらもう用事はすんでるみたいだし、どういうことなんだろう。

「瑛太、後で話すって言ってたよね」

「……」

「話したくないなら……いいけど……」

「兄貴と俺はね……」

瑛太が天井を見たまま唐突に話し始める。

「昔は仲良かったんだけど……あることがきっかけで、気まずくなって……でも向こうはことあるごとに世話焼いて話しかけてくる」

「あること？」

瑛太は天井を見たまま、何故だかすごく嫌そうな顔をして口元を歪める。

「……兄貴が中学に入って、彼女ができて……まぁ、さっきの人なんだけど……俺が不貞腐れて兄貴と口きかなくなって……無視するようになって……」

「ええ……」

　なんでそんなことで。そう思ったけれど、あの人が中学に入ってすぐということは瑛太は小学校四年かそこら。いつも遊んでくれていたお兄さんに彼女ができて、あまり構ってくれなくなったのが寂しかったのかもしれない。全くませてない彼からしたら『彼女なんか作りやがって』だろう。

「しまいには家出して大騒ぎに……」

「う、わあ」

　すごい。すごい甘ったれと我が儘のミックスクソガキ。その頃から自分勝手でいじけ屋だったのか。いや、今でも充分子供っぽいのに、さらに幼かったのだからさもありなんだ。

「で、結局兄貴に発見されて……大暴れしながら帰った」

「それは……恥ずかしいね」

「だろ……。で、それからもずっと普通に戻すきっかけもなくツンツンしてたんだよ
……そんなの疲れるだろ」

　全部、お前が悪いんじゃないか……。

　普通に謝ればいいのに。兄相手にとんだ反抗期だ。

「だからさ、俺も彼女できたって言ってその……」

「あぁ……」

発端となった『彼女』が自分にもできましたということで、一方的にツンツンしていたのを解消して、なんとか元に戻りたかったわけだ。

ていうか、前に人のことブラコン扱いしてたけど、自分の方がよっぽどブラコンじゃないか。さっきも真っ先に兄の感想聞きたがってたし。

そりゃ、恵麻さんがいくら素敵でも好きになるはずはない。この様子だと最初は自分から兄を奪った彼女のことを嫌っていたくらいだろう。心が狭い。

学校で多くの女子に憧れられ、どんな人かしらと気にされている人間の正体はコレですよ。放送室から全校に伝えたい。

「兄貴……俺酷い態度いっぱいとったのに……まるで怒らねえんだよ」

「すごくできた人で、瑛太と似てないんだね」

「どういう意味だよ」

そのままの意味だけど。

「でもなんか、瑛太まだ無口だったけど……」

「……あぁ。なんか、前どうしてたのか上手く思い出せなくてさ」

長年馬鹿な理由でツンツンしていたので、急に戻せなかったのか。この人馬鹿じゃなかろうか。瑛太の顔をまじまじと見つめる。

「尚、今俺のこと馬鹿じゃねえかって思ったろ」

「え、なんでわかったの」

「付き合いも長くなると、多少はわかるようになんだよ」

瑛太が精一杯睨みつけてくる。しかし、さっきの話の後では何やら迫力がない。

「……く、ふッ」

瑛太の馬鹿さに思わず吹きだしそうになったので咳をしてごまかす。

「笑うな！」

「ご、ごめ……だっ……くっ、」

なんとかこらえようとしたけれど耐えられなくて、結局そこからは声に出して笑った。だってあんな深刻な顔で頼みがあるとか言って、おまけに学校では言えないとか言って……。

なんだか脱力してしまって笑い続ける。

瑛太は「笑うなよ」とか「笑うな」と何回か言ってたけれど、結局途中からつられて一緒に笑っていた。

扉の外まで聞こえる笑い声が気になったのか、瑛太のお兄さんが半開きの扉から覗き込む。

「どうかしたのか？　大笑いして」

途端瑛太の表情がちょっとだけ緊張する。

それがまた可笑しくてわたしは新しい笑いを誘発させられてしまう。うつむいてごふっと吹き出した。

「尚！　この野郎！　馬鹿！」

瑛太が小学生みたいな悪態をついてクッションを投げつけてくるので、それをキャッチして頭を埋めた。ツボに入ってしまって苦しい。もう瑛太の顔を見るだけで笑ってしまいそうだ。

お兄さんの背後から恵麻さんも覗き込んで、ふたりで不思議そうに顔を見合わせる。恵麻さんが「楽しそうだね」と言って扉から離れた。

「ご……ごめんね……」

いまだ収まりきらない笑いをこらえながら言うと、瑛太はふっと息を吐いた。

「まぁ、いいよ。尚に笑い飛ばされて、楽になった……」

「うん」

「あー……俺まで笑い過ぎでほっぺが痛い。なんも可笑しくねえのに……」

「わたし……ちょっと腹筋痛い」

笑いが収まるとなんでそんなに可笑しかったか思い出せない。

帰り際、駅まで瑛太が送ってくれると言うので玄関で靴を履いていると、お兄さんが見送りに出てきてくれた。今日のお礼を言って「帰ります」と挨拶をする。お兄さんがわたしと瑛太を見て柔らかなトーンで言う。

「有村さん、いい彼女だな」

瑛太は横目でわたしをちらりと見て、ようやく表情を和らげ「……だろ」と言って笑って、お兄さんもそれに笑い返した。

▼求愛行動

「厄日だよ……」

と言って瑛太がわたしの教室に入ってきて前の席に座り、わたしの机に頭を埋める。

「厄日って？　朝からどしたの」

「朝からふたりに告られた……最悪」

陽兄ちゃんが聞いたら白目を剥いて絶叫しそうな贅沢な厄災だ。でも本人は一度嫌なものと思い込んでしまったせいなのか、ウンザリしている。

「尚が悪いんだよ……」

「はいはい。で、相手は誰？」

「三年の女子と……あと電車で同じ車両に乗り合わせることの多い……らしい他校の女子……尚が悪い……」

「だからなんでわたしのせいなの……」

　ふたりめに関してはさすがに家の方向も違うし、そこまで面倒みきれない。わたしは悪くない。

「学校着いてからも二年の女子に捕まって長々と名乗り口上を述べられた……。知らねーよ……こう見えて華道やってるんですとか……お菓子作るのが好きとか……この間失敗して家のキッチンが汚れちゃったとか……知らねーよ……」

「あぁ……」

　基本的に女に限らず興味のない話に付き合わされるのが苦手なタイプなんだろう。わたしも一時期帰りの時間に近所のおばさんと鉢合わせてしまって毎日長話をされて辟易していたことがあるので気持ちはわかる。はたして一緒にしていいのかは疑問だけれど。

「学校のに関しては尚が俺のこと好きじゃなさそうだから……ニセ彼女だと疑われてんだよ……つまり尚が悪い」

「そ、そうかなぁ……」

　尚が悪いって言いたいだけじゃないのかなあ。

「結構頑張って色々やったりしてるじゃないの……」

「尚にはなんかこう……押しの強さが足んねえんだよ」

「押し付けがましいの嫌うくせに……」

「それは本当の俺……外向けにはもっと相互の愛が必要なんだよ……あー尚が悪い」

なんとか人のせいにしたいだけなんだろう。

「俺が前に制服のブレザー盗まれたのも、携帯番号がどこかから漏れて知らない奴からかかってきたり、非通知で無言電話かけられたりしまくって、結局買い換えるハメになったのも尚が悪い……」

余計なことまで思い出して落ち込みだした。その時はわたしはまだ面識がなかった。そんなものまでわたしのせいにされてはたまらない。

でも、割と気の毒だし、そこまで言われては黙ってられない。

「じゃあわたし、やるよ……」

「お、なんだ。やんのか」

「わたしの本気を見せてあげるよ……」

「……」

「どうしたの」

「そんな無表情で覇気ない発音で言われても……あー尚が悪い……」

絶望的な表情をして瑛太はまた机に顔を伏せた。

「おい、藤倉。彼女大好きなのはわかったから、早く自分の教室帰れ。そこは俺の席だ」

「あ、加藤《かとう》君。ごめん」

どこかに行っていた前の席の加藤君が帰ってきたので謝って瑛太を追い出した。瑛太が出ていってわたしは後ろの席のくうちゃんの方に向き直る。

「ね、くうちゃん。彼氏大好きっぽい行動教えて」

「えー、わかんないなぁ」

「わかんないって、くうちゃんすっごい彼氏好きそうだからさ。なんかあると思うんだ」

「それは傍から見てるなおちゃんの方がわかるんじゃないかなぁ。自分だとちょっと……」

「そうかぁ……」

「とりあえず、たまにはなおちゃんの方から会いにいったら?」

「……隣のクラスは女子の目が怖いんだよ……」

うちのクラスはなんだかんだ、全体の雰囲気がほのぼのしているし、隣に比べて瑛太に好意を寄せる子は少ない。主にうちのクラスでベッタリしているのもある。すっかり慣れたもので、呆れた感じに見られていることが多い。

隣は瑛太と同じクラスだけあって、特別意識も強いんだろう。まだやっぱり熱烈なのが多いのだ。

でも、そんなことは言っていられない。


チャイムが鳴ってわたしは重い腰を上げた。

瑛太は二回に一回くらい、休み時間に会いにくる。それ以外は自分のクラスで数少ない友達と話していたりするようだった。

隣の教室の扉の前に行くと、近くで自分の髪の毛を触っていた女子がわたしを見てあからさまに顔をひきつらせた。ほら、嫌われてる。

それでも女子生徒はフンと鼻息を吐いて「ぇいたぁー」とやたらと甘い声で呼び出してくれた。何か邪悪な念を感じる声だった。

「なに……あ、尚！　どしたの」

「会いにきた……」

「なんてつまらなそうな顔で会いにくるんだ……」

女子生徒のマシュマロより甘い「ぇいたぁー」の声で既に精神力をガリガリに削られて、早速自分の教室に帰りたくなってしまった。

「瑛太……廊下……出よう」

小声で言うけど聞こえなかったみたいで怪訝な顔を近付けられる。周りの女子達の視線が痛い。このクラス嫌だ。

「ろうか……」

「なに？　聞こえない」

人間ピンチになると思わぬ行動に走るものだ。色々な思いがやけくそになって、わたしは思わずそのまま目の前にある彼の頬に唇をつけようとした。

が、外して顎のあたりに勢い良く頭突きした。

「べごッ」

苦悶の声をあげて瑛太が飛びのき、顎を押さえて一体なんだとわたしの顔を見た。

「ごめん……」

教室が少しだけ静まり返り、注目を浴びていた。女子の一部がものすごい目をしている。注目を浴びるためにやったのに、ぶっ倒れそう。

「頑張ってみようと……思った、んだけど」

「……一体どの動物の求愛行動にこんなのがあるんだよ……」

「……っ」

「な、尚……？　大丈夫？　顔色悪いよ……」

「瑛太、外に出よう」

「え、うん」

瑛太の腕に自分の腕を絡めて強引に扉の外に連れ出した。毒ガスに満ちたこの空間を一刻も早く脱出したかった。

廊下の端の端まで行って座り込むと彼も隣に座った。

「瑛太のクラス……やだ。感じ悪い」

「……俺だってやだよ」

「……なにか、発情期の雌ゴリラの檻に閉じ込められたみたいな気持ちになった」

「清々しいほど失礼だな……さっきの何？」

「押しの強い愛の予定だったんだけど……外した」

「俺もっと痛くない愛がいい……」

「もう何も考えつかない」

「そんなんで本当に彼氏できた時どうすんの……全然伝わんなくて振られるぞ」

「瑛太先生、アイデア……」

「尚にはどーせ無理だし……」

呆れた調子で言われてムッとする。

むしろ女なんてとか言いながら、さらりと演技しまくれるお前は一体なんなのだ。

「なんか出してよ。やってみせるから」

「じゃあ、あれやってみよう。『かずくんだーい好き』……尚にはハードル高すぎるかな？」

「わかった……やる。立って」

廊下の端から、人通りのある開けた場所まで移動した。

「この辺でいいかな。止まって」

瑛太の背後にまわって構える。

気配が気になったのか、瑛太が振り返って吹き出した。

「ねえ、その怒ったアメリカザリガニみたいな構えは……」

「いいから前向いてて……」

「……な、何その気迫……」

「うーん……助走が必要かな」

ぼそりと言うと瑛太が慌てた様子で振り返る。

「正面からにしようぜ。俺、なんかこわい」

「正面……」

正直顔が見えると緊張する。

「はい、おいで」と言って瑛太が両手を軽く広げる。

　でも、そんな簡単にできるものじゃない。

　人前でこんなことをためらいなくできるほど神経が太くなかった。けれど間があると余計にタイミングを逃し、恥ずかしくなって、どんどんできなくなっていく。

　そのまま固まっていると、瑛太が広げていた手を下ろした。

「ま、どーせ、尚には無理だと思ってたよ……」

　はん、と笑いながら侮るように言われて反論しようとした時、後ろから来た人がわたしの肩に勢い良くどんとぶつかった。急いでいるみたいで「悪りぃ」と小さく聞こえたけれど、衝撃で軽くよろける。そのまま小さく呻いて瑛太の胸にぴたんと抱きついた。

　瑛太はそのまま抱きとめてぎゅうっと抱きしめた。小声で言う。

「尚、今だ。あれ、言って」

「え、あ、あれ？　言うの？」

「なるべく大きな声で」

「わかった」

　そしてわたしは大きな声で言った。

「かっ、かずくん……！　だーい好き!!」

「誰だよ！　台無しだよ！」

▼くちびるにりんご

「厄日だよ」

と言ってわたしは教室の自分の席に座り、後ろのくうちゃんの机に顔を埋める。

「厄日って、なおちゃん朝からどうしたの」

「朝から変な女に絡まれた……」

「えぇー」

「本当に付き合っているのかしら……あなたみたいな庶民の女と付き合うなんて裏に政治的な策略があるんじゃないかしらうんぬんかんぬん、みたいなことを……知らないよ……だとしたら藤倉君可哀想とか……ちなみにうちは父親が社長でお金持ちよとか……よくわかんない株式の話までされて……知らないよ……可哀想なのはどう考えてもわたしだよ……」

「大丈夫だった？」

「うん。……瑛太本人がたまたま通りかかったから、一緒になってごまかして走って逃げた」

「よかったねぇ」

「よくない……疲れた……みんな瑛太が悪い」

　くうちゃんに愚痴をボロボロこぼす。

「わたしがこの間珍しく見知らぬ男子に話しかけられて、やたらと可愛いとか気になってたとか言われて……そのすぐ後にその人が藤倉の女取ってやんぜみたいなしょうもないことを周りに言って息巻いてるのを目撃してやさぐれた気持ちになったのも全部瑛太が悪い……」

「それは……その告白してきた男子が悪いんじゃないかなぁ……」

　くうちゃん、意外と冷静である。

「あー瑛太が悪い……」

「なおちゃん、ちょっと屋上出ない？」

　落ち込んでいるわたしを、くうちゃんが気分転換に教室から連れ出してくれた。けれどあいにく屋上の空は厚い雲に覆われていた。雨は降っていないけれど、いつ降りだしてもおかしくない。台風の前のようなぬるい風が吹いていた。

　冷たい屋上の柵を掴んで座り込み、遠くを眺める。

「たまに落ち込むんだよね……本物彼女ならともかく、ニセなのにこんな目にあって馬鹿みたいだなって」

　みんなが羨む彼氏に愛されて辛い、とかではない。別に愛されることもなく、嫌な部分だけを引き受け……ごく普通に辛い。

そりゃあ、楽しいことだってあるし、得がゼロとは言わない。それに何より自分でやると決めて相手を騙してまでやっていることだ。

だからこそ、くうちゃんくらいにしか甘ったれた愚痴はこぼせない。

「くうちゃーん、辛いよー」

「なおちゃんは、頑張ってるよぉ」

「本当?」

「本当にえらいよぉ」

「そうかな……」

「そうだよぉ……普通はそんなに我慢できないよぉ……」

「そうかな。えらいかなぁ……」

「うん、絶対えらいよぉ」

「えへへ……」

はぁ。少し満足した。

くうちゃんも冗談半分なので、くすくす笑っていた。

「わたし、もしこの恋が終わったら、次に好きになるのはもっと普通の人がいい……。それで、嘘ついたり、騙したりすることもなく、向こうもわたしのこと好きになってくれて、周りも誰も邪魔しないような……そういう恋愛をちゃんとしたい……。くうちゃんみたいに、もっと……」

「そんないいもんでもないよぉ……」

「それに、わたしはどうせ、一目惚れなんだよね。くうちゃんとは違う……」

くうちゃんは「うぅん」と唸って隣にしゃがみこんだ。

「一目惚れって言っても、なおちゃん、何度も見にいってたじゃない？　それでどんどん好きになったんだから、途中からはもう一目惚れじゃないよぉ」

「でも、話したこともなかったんだよ」

「どんな表情で笑うか、それだけで人柄って出ると思うんだぁ。それ、ちゃんと見ないとわかんないじゃない？」

確かに笑顔ひとつとっても、優しい笑い方と嫌味な笑い方では印象は変わる。同じ状況で出てくる笑みが困った笑いなのか、馬鹿にした笑いなのか、楽しそうな笑いなのか。それからしゃべり方にも同じことが言える。誰に対している時にどんな顔で、どんな声で、どんなことを言うのか。断片的だったとしても、人によって違いはある。

瑛太は、最初に見た時から瑛太だった。

そんなに元気はなかったし、楽しそうにもしていなかったけれど、やっぱり彼だった。だから最初にぼんやり抱いていた偶像的なイメージが崩れた後も、どこか「やっぱり」みたいな気持ちも少しあった。ずっと元気がなかったけど、話してみたらちゃんと明るい人だったから。

「なおちゃんは、そういうのを知ろうとして見ていたんじゃないかなぁ……」

「……そうかな」

「うん。だから内面知っても冷めなかったんだよ。本当に見た目だけを好きになったなら……周りから嫌なこと言われたり、辛いことも沢山あったし、ここまで続かなかったんじゃないかなぁ」

くうちゃんはいつも、やや強引なまでにわたしの味方に立って、慰めてくれる。他の女の子達と本当は何も変わらないわたしを、なんとかこじつけて特別だと言ってくれる。彼女の優しさでだんだんいじけた気持ちが小さくなって、元気が出てくる。

「ありがとう……！　わたしが男ならくうちゃん好きになってる……！」

「なおちゃん……この間、男に生まれたら藤倉君のお兄さんの彼女好きになるって言ってなかった？」

「……だ、大丈夫！　恵麻さんにはどうせ振られるから！」

「なおちゃぁん……それちょっと酷くない？」

くうちゃんが笑いながらちょっと呆れている。

「まって、信じて……やっぱくうちゃんだけ……！」

男じゃなくてよかった……。

とんだ二股キープのゴミクソ野郎になるところだった。ていうか、よく考えたらくうちゃんでも確実に振られるじゃないか。

立ち上がったくうちゃんが笑顔でわたしに聞く。

「なおちゃん、藤倉君のこと好き？」

「……好き。すごく。すごくすごく好き」

たまにくうちゃんがこうやって聞いてくれるのが、わたしはとてもありがたい。周りに対する演技でもなく、瑛太本人にしているように隠すでもなく、わたしの本当の気持ちを心置きなく言えるのが、嬉しかった。

なんとなく片思いをしていた時の平和な日常を思い出せる。しがらみなく好きと騒げる片思いは、それはそれで結構無責任で楽しいものなのだ。

「戻ろうか」と言ってそこを出た。ふたりで黙って階段を降りる。自分達のフロアに戻ってきた。

廊下の先を見てくうちゃんが小さな声をあげる。

「あれ、藤倉君」

「あーっ！　どこ行ってたんだよ！　尚、お馬鹿！」

本人には顔を見るなりお馬鹿扱いされる……。最近のわたしってサンドバッグにちょっと似てる気がする。

「屋上行ってた」

「何しに？」

「くうちゃんと……いろんな話」

曇天に向けてニセ彼氏の愚痴を吐きに……。

「あぁ」

瑛太がちらりとくうちゃんを見た。くうちゃんも瑛太にぺこりと小さく控えめにお辞儀をしたけれど、ふたりともお互い興味がなかったようでそのまま話すこともなかった。

＊

雨は降りそうで降らないまま、お昼休みになる頃には空に晴れ間がのぞいていた。瑛太が教室に来て一緒に扉の外に出る。

どこで食べようか、と話して人の少ない非常階段になった。少ないというか、このスペースはふたりいるといっぱいなので、カップル席とか言われていた。

「瑛太、玉子焼き食べる？」

「食べる」

「どうせ取られるから、多めに焼いてもらったよ……」

「本当に？　やった」

瑛太はわたしがお弁当箱を開けるところを身を乗り出してじっと覗き、玉子焼きをお行儀悪くひょいと摘んだ。

「尚、なんか元気ない？」

「瑛太が悪い……」

「何が？」

玉子焼きを食べている間は割と何を言っても怒らないだろう。飲み込む前に早口で朝の恨み節をぶつけておく。

「瑛太が悪いんだよ……。社長の娘は政治的策略だと思ってるんだよ」

瑛太は玉子焼きを集中して味わい、ごくんと飲み込んでからわたしを見た。

「何言ってんのかわかんないんだけど……今朝のヤバい先輩の話？　俺が悪いの？」

ちゃんとわかってるじゃないか。

「あ……じゃあ、俺の本気も見る？」

「何それ」

「尚の本気はもう見せてもらったから、今度は俺が本気でイチャつくんだよ。絶対俺の方がすごいから！」

相変わらず小学生のような思考だ。

「ねえねえ、尚。俺もなんかやってみていい？」

「……好きにしなよ」

瑛太はそこから少し考え込んだ。胡座《あぐら》をかいたまま、顎の下に手をやって「うーんなんにしよっかな」と思考する。

やがて「よし」と呟くとわたしの持っていたお箸を取り上げた。

「な、なに」

それだけではなくお弁当箱まで取り上げられた。

小学生男子のイチャつくって、お弁当のカツアゲなの？

不可解に思っているとお弁当のコロッケを器用に箸で半分にして持ち上げて、わたしの口の前まで持ってきた。

「はい」

口を開くとコロッケが入ってくる。

もぐもぐもぐ。しゃべることができず、とりあえず口を閉じて咀嚼しているさまを瑛太はじっと見ていた。ごくん。飲み込んだ。

「じゃあ、次これ」

何か言おうとする間もなくブロッコリーが目の前に来た。

次々におかずが口に運ばれる。合間にご飯、それからパックのジュースも口元に運ばれる。

いつまでやるんだろう。飽きないのかな。そう思って彼を見ると、時々肩を震わせてくすくす笑っている。何が愉快なのかはわからないけれど、すごく楽しそうだった。

お弁当箱が空になって、デザートの入った小さなタッパーが開けられた。中身はりんご。

「あれ？　……ま、いいか」

瑛太が妙な声をあげて、うさぎになっているりんごを指でつまんだ。どうも、お母さんがいつも入れてるプラスチックの串を忘れたみたいで、フォークの類いがなかったので声をあげたらしい。

「ん」

口元にりんごが持ってこられる。

しゃく。りんごを齧る。

手からだと、さっきより少し恥ずかしい。

口の中のものがなくなった頃合いを見計らって、残りのりんごが口に入れられた。指がほんの少し唇に触れた。

それから彼が、あ、と気付いた顔で身を乗り出して、わたしの顔を覗き込む。

「な、なに……」

瑛太はそのまま指先でわたしの唇を拭った。

わたしは数秒、動けなかった。

「はい、ごちそうさまー」

結局まるごと一食分を食べさせられた。瑛太はくすくす笑っている。

「ねえ、瑛太。楽しそうなところ、なんだけど……」

「え?」

「ここだと、頑張ってイチャついても誰も見ない……」

「マジか‼」

▼卒業式

少しだけ、眠い。

体育館では卒業式の練習が行われていた。

ただでさえ練習な上、送る側なので全くしんみりさも緊張感もない。二年生ならまだしも、一年には我が身に置き換えるにも先過ぎる。

練習が終わり、通路の混雑を避けるために三年生が最初に、次に二年生が体育館を出た。一年生はまだ待機。もう整列はしていなくて、いろんなところにまばらに散らばってしゃべっていた。

「尚知らない？」

人混みの中少し遠くから瑛太の声が聞こえる。どこかで捜されている。

周りを見まわしたけれど、人が多かったのでぱっとは見つけられなかった。

「尚見なかった？」

また、聞いてる。声だけ聞こえる。もちろん騒がしいのだけど、なんか声が通るし、わたしの持ってるセンサーが拾ってしまう。

「さっきその辺で見たけど」

「わかったさんきゅ。尚、ナオ、なーお。出てこいなーおー」

やっと姿を見つけてそこに駆け寄った。これ以上大声で阿呆みたいに連呼されたらたまらない。

「瑛太……かんべんして。ていうか猫のモノマネみたいになってるよ」

「あ、いたいた。尚。捜したじゃんよ」

瑛太は近寄ってきて、捕まえたと言わんばかりに片手で肩を抱く。

「何かあったの？」

「何ってわけでもねーけど、体育館で催し物があると帰りに高確率で女の先輩に声かけられるから」

「あぁ」

確かに、遠くで目立つ可愛い子が二年生男子に声をかけられて話しているのが見えた。先に出たはずの上級生が少数残っているのは、部活で面識のある一年生と話したりしているだけかと思っていたけれど、全部がそうでもなさそうだ。

「そういうこと。さぁ行こう、俺の可愛い風除けしもべ」

何か、可愛いブタゴリラ、みたいな矛盾を孕んだフレーズだ。わたしの両方の肩に手を置いた瑛太が、ふざけてわたしの後ろに隠れるように身を縮めてヨチヨチ歩く。

これは、完全に小学生男子の動きだ。

「俺の風除け小さいなー」

隣に来て今度は手を掴む。さすがに歩きにくかったんだろう。

「手まで繋ぐ必要はあるの？」

なんか……学校帰りはともかく校内のこんな短い距離でやってると、バカップルみたいで阿呆みたいなんだけど。

「なるべくイチャイチャしながら帰るんだよ！　それが長生きの秘訣だから！」

駄々っ子のように言い放って指を絡めて持ち上げる。そしてブンブンと振る。完全なる小学生男子そのもの。

正面で人と話していた野田さんがわたしと瑛太を見て動きを止める。

「アナタ達いつもイチャイチャついてるから、いまさらそんなことしても珍しくもなんともなくて目立たないわよ」

別に目立つためにやってるわけじゃない……。

人は、ついなんでも自分基準でモノを考えて見てしまうというのが、彼女を見ているとよくわかる。

「野田さん、相変わらずだね」

「うん。ブレないな……」

「最近も……風はちゃんと防げてるの？」

「うん、まぁ。単に飽きられてきたのもあるだろうけど」

クラスは別だし、四六時中見張っているわけではないのでわからないところもあるけれど、だんだん瑛太のモテは、異常にモテる人のそれから、普通にモテる人のそれに近付いてきている印象はある。

その理由は単にイチャついてるからだけでなく、内面のガキくささが周りにも露呈してきたのもあるのではないかとひそかに思っている。

＊

やがて、卒業式本番の日がきた。

わたしはさほど関係がなかったのだけれど、在校生の中にも先輩との別れを惜しむ子は沢山いる。練習の日とは違い、少しのしんみりと、新しい門出を祝う明るさの混じり合った、不思議な空気が流れていた。

式が終わって三年生が校内に散らばっていた。そこここで、在校生と話したり、友達同士で別れを惜しむ姿が見受けられる。

一年の廊下にも卒業生は少しいた。それを横目に眺めながらトイレに行って帰る途中、どこかから瑛太の声が聞こえた。

「尚知らない？」

何か覚えがあるフレーズだ。しかも前回と比べて声音がちょっと焦っている。

「は？　どこ？」

なんでちょっとキレ気味なんだよ……。

何かしただろうかと怖くなる。

クラスメイトの男子が軽く困惑気味な顔で、教室の扉の方からわたしを指す。

「尚、どこ行ってたんだよ」

えらい急ぎ足で近寄ってくる。何事だろう。

「あ、そうか。三年生がいるから」

「そうだよ。離れんなよ」

「ごめんごめん。でもトイレくらい行かせてよ。それくらいひとりでなんとかなるでしょ」

「駄目だよ。どこにいたって絶対あいつ来るだろ」

「え？　なに、そういう話苦手なんだけど。……瑛太お化けの三年生にも狙われてたの？」

瑛太が盛大に顔をしかめて首を横に振ってみせる。

「俺じゃなくて……」

「ん？」

「……ほら、出たじゃねえか……」

瑛太がわたしの背後を指差して言う。

「やだ、やめてよ……」

恐る恐る振り向くと桑野先輩が少し離れたところにニコニコして立って、小さく手を振っていた。

それからなんとなく瑛太の方に顔を戻してびっくりした。

「わ、こっちも出た」

思わず口に出してしまった。

瑛太の背後に髪の長い三年生の女生徒が立っている。卒業生に挟まれた。

「藤倉君、ほんとに五分だけいいかな。何人かでいいから一緒に写真をって人達が……」

瑛太はじっと桑野先輩を睨みつけていて、動こうとしない。わたしの肩はガッチリ地面に押し付けられるようにホールドされている。その姿は彼氏というよりさながら凶暴な番犬のようだった。

「すごいね。ふたりで話……させてもらえなそう」

桑野先輩が素直に驚いた口調で言う。

「藤倉くーん……」

何人かの代表で来てるんだろう。女の先輩の方も困った声を出す。

「まぁいいか。ちょっと尚ちゃんの顔見にきただけだし。元気にしてた?」

「は、はい」

桑野先輩はそのまま会話をすることにしたらしい。この人も大概神経が太ましい。

先輩は瑛太の顔をちらりと見てから、わたしを見て含み笑いをもらす。

「俺が行くのこの近くの大学だから、これからも、いつでも会えるよ。尚ちゃん」

先輩はストーカーとして見たら、かなり気色悪い台詞を吐いてふふふと笑ってみせた。すごい。どの道学校からはいなくなってしまうので、効果があるかはわからないけれど最後のエールを送ってくれてるのはわかる。

「先のことがちょっと気になるけど……別れたらすぐ連絡してね。すぐ迎えにいくから」

「来んなよ！　怖いわ！」

「尚ちゃん、頑張ってね」

「は、はい」

「本当にいつでも連絡してね。これは本当」

「しつけえぞ眼鏡！」

瑛太がイライラして幼稚な野次を飛ばし始めたので、先輩は笑ってその場を去った。「卒業おめでとうございます」も言えなくて心苦しい。

振り返った時女の先輩はいなかった。場の異様な空気に引いたんだろう。

「瑛太、よかったの？　さっきの先輩困ってたけど」

「尚に比べると俺の仕事たまにしかないのに……そんなもんに行けるかよ」

「まぁ、確かに」

瑛太の側からしたら最後の大仕事と言えなくもない。わたしからすると先輩の最後の大仕事ぶりの方に感動を覚えたけれど。

▼春休み

木漏れ日優しい春の朝。春休みに入って暖かな日が増えてきた。

わたしは朝日の射し込む自宅の居間で膝を抱えて静かに低く唸っていた。

「会いたい……」

当たり前だけど、学校がないと瑛太に会えない。

「うう……会いたいよー……」

「うるせえぞ藤倉ゾンビ」

近くで寝転がってテレビを観ていた陽兄がわたしの中毒に名称を与える。

「だってー……」

優兄がシャワーから出てきてわたしゾンビを一瞥して言う。

「尚、受け身すぎるよね。たまには自分から誘ってみたら？」

「だってわたしニセ彼女なのに……つまり彼女じゃないのに……休みの日に会いたい

なんて言えないよ……」

「藤倉君気にしないと思うけど……」

「俺もそう思う。誘ったからって尚があいつを好きなんて疑いもしねえぞ」

それもまた複雑……。でも、油断はできない。遠慮なくそんなことをしていたら顔に出なくてもだんだん態度に出てしまうかもしれない。

しかし、とりあえず一目会いたいのだ。顔が見たいのだ。声が聞きたいのだ。

自分の部屋に戻ってスマホを手に取る。

大きく息を吸って通話ボタンを押すと数コール目に繋がった。

「はい」

「瑛太、遊ぼう」

「うん。どこ行く」

すごい簡単だった。

こんなことならもっと早くやればよかった。

「えっとね……」

「新しくできたビル、行ってみようぜ」

「それ、それ行こう」

瑛太が言った新しいビルとは高校の最寄りの三つ隣の駅に最近できたもので、中には衣料品のお店も、飲食店も、アミューズメントの複合施設もなんでも入ってるということで、以前建設中にちらりと話題に上がったことがあった。

中毒患者のわたしとしては、正直ショッピングモールだろうが近所のゴミ捨て場だろうがどこでもよかったので、一も二もなく頷いた。

「尚、ひまだったんだろ。俺もだよ！」

「そう……そうなんだよ……」

好きな人が馬鹿でよかった……。

「で、何時集合？」

「え、今日？」

「今日の話じゃなかったの？」

「えっと、今日」

まさかの当日アポが成功した。およそゾンビらしくない機敏な動きで慌ただしく身支度して家を出た。

*

待ち合わせ場所に着くと瑛太が先に立っていて「おせえ」と一喝された。

「まだ時間前だよ」

「ひとりでいると、声かけてくる奴がいるんだよ……」

「それなら時間ぴったりにくればいいのに」

「俺は早く出過ぎたの！」

「そんなこと知らないよ」

新しいビルは結構大きかった。ふたり揃って入口のフロアガイドを眺める。

「遊ぶところ沢山ある。映画館も入ってるよ」

「今何やってんだろ。えっと……」

瑛太がスマホを覗き込んでぽちぽち検索した。

「あ、俺これかこれ観たい。映画な」

さっさと決めて歩きだす。わたしは今日の目的はもう達成しているので別に異論はない。

「あ、今からだと時間もちょうどいい」

瑛太が浮かれ声で急ぎ足になった。慌てて追いかける。

エレベーターの前で待っている人だかりができていたので、エスカレーターで行くことにした。映画館は八階。

途中階で見えたお店の前のマネキンの服がものすごく好みで、思わずフラフラとそちらに踏みだす。

「尚、何やってんだよ。急がないと映画次の回になるよ」

「次の回でいい。わたし、あの服……ちょっとだけ見たい」

「ええ、俺は女の服なんて見てもしょうがねえし……」

「ちょっと。ちょっとだから待ってて」

「それは別の日に見ればいいだろ」

「そんなに何度もこんなとこ来ないし……次来た時には売れてるかもしれないし……」

「やだよ。俺喉渇いたし、さっさと入って飲み物でも買いたい」

「じゃあ瑛太は別のとこでなんか飲んで待ってればいいよ。わたしあれ着てみたい」

「えー……俺待たされるの嫌い……」

「我が儘」

「どっちがだよ」

お互い甘やかされて育った末っ子同士、どちらもなかなか譲らない。

「行くぞ」

瑛太がわたしの腕を掴んでエスカレーターの方にぐいぐい引っ張る。

「やだ。わたしは行く。瑛太はそんなに待たされるのが嫌なら帰ればいい」

「馬鹿尚！　じゃあ俺は帰るからな！」

「好きにすればいい」

「あのなぁ……っ、あ」

瑛太がわたしの背後に目をやって、何かに気付いたかのように突然動きを止める。

それから急に「行こうぜ」と言ってわたしの行きたいお店の方向に歩きだした。

急な変化を怪訝に思って周囲を見まわすと、少し離れたところに同じ歳頃の女の子が数人いて、話しながらこちらを見ていた。ひとりふたり見覚えがあるから、同じ学校の子達かもしれない。

なるほど。喧嘩しているところを見られたくないわけだ。

マネキンの前まで行って立ち止まる。

「どれ？」

「これ」

「いいじゃん。最高じゃん。尚に似合うよ」

「……帰らないの？」

「俺が可愛い彼女を置いて帰るわけないじゃん。好きなだけ選べよ」

何か優兄ちゃん化している。

「うわぁ……気持ち悪いなぁ」

素直な感想が小声でもれてしまう。彼は笑顔で顔を真横に近付けて低い声で「うるせえ」と吐く。そして一緒になって店に入ってきた。

「どこかで待っててもいいんだけど……」

「ひとりでいて絡まれたら嫌だろ」

そうだと思った。

瑛太が店員さんにやたらと話しかけられているのを放って、わたしは試着をして、結局その服を買った。一目惚れする服なんてそんなにないし、値段も手が届く。サイズも着用感も問題なかった。買わないはずがない。

「おまたせ」

傍目にはそう変わらないかもしれないけれど、すっかりご機嫌になった。今日いい日だなぁ。

「ごめんね。映画行こう」

「満足したみたいだな」

「うん」

「じゃあ今日はもうあと全部俺の言うこと聞けよ！」

自分で服を買って満足して、何故瑛太の言うことを聞かねばならないのだろう……。

思ったけど今のわたしは映画館より広い心だったので、素直に頷いておいた。

映画館に入ってどれを観ようか看板を眺める。もう当初の予定時間はズレたので瑛太はまた悩みだしている。

「尚、こっちとこっち、どっち観たい？」

「どっちでも……」

「せっかく聞いてんだから答えろよ」

「……じゃあこっち」

「わかった。じゃあこっち！」

瑛太はわざとわたしが選んだのと反対の映画に決定した。そして、ものすごくしてやったりといった顔をしている。子供か。

＊

「やっぱあっちにすればよかったなー、映画」

「自業自得だよ」

「あーミスった。くそ……よく寝た……」

「わたしも……」

映画館を出て、ふたりで欠伸《あくび》をした。

瑛太が意地悪で選んだ映画があまりに退屈で、ふたりで頭をくっつけて眠ってしまっていた。

それからちょっとお店を見てまわって、建物の外に出た。

瑛太がわたしの片手の紙袋に手を伸ばす。さっき買った服が入っているやつだ。

「尚、それかして」

「え、やだ。そんなに重くないし、忘れて持って帰られたら嫌だ」

「いいからかせ」

「ブン投げて捨てたり、意地悪しないでよ?」

「んなことしないって!」

袋を渡すと瑛太が反対の手に持ち替えて、隣り合ったわたしの手を取って繋いだ。

まださっきの子達が近くにいるかもしれないからだろうとは思ったけれど、急だったのでドキッとした。

「瑛太はさっきの子達、知ってたの?」

「ひとり見覚えがあった。背の高い……髪の長い子、バレンタインの時に」

ぼんやり思い出す。何人かいた中で一番目立っていた子だ。

「今でも……まだ全然そんな気にはならないの?」

瑛太が恋愛なんてしたくないと言っていた、あれから結構経つ。

「別に……俺尚がいるし」

「え」

「尚と遊んでる方が楽しいし」

喜んでいいのか迷う。絶妙な気持ちになるコメントだ。その『尚』の部分て普通『男友達』とか『男』の字が入ったりするような部分じゃないの。『尚』って雄だったの？　もしかしてわたしの知ってる『尚』と違う奴なんだろうか。

「それに、さっきのみたいのは……単に好みじゃない」

結構可愛かったけど……。

「瑛太は身近にすごい美人がいるから、基準高くなっちゃったのかな」

「え、誰？　尚？」

ものすごく意地の悪い顔でムカつくことを。片思いの相手だけど、今だけ忘れて本気で引っぱたきたい。

「お兄さんの彼女の……恵麻さんのことだよ。何その顔。馬鹿。阿呆。そんなこと言うわけないいじゃん」

「あぁ……ないよ。人のもんは最初から対象外。好みでもない」

「瑛太って一体どんなタイプが好きなの？」

あれが駄目ってもう異星人じゃなきゃ駄目じゃないの。わたしが男なら絶対好きになっているけど。振られて泣いてるけど。

「好みのタイプはー……」

瑛太は口を開けたままちょっと前の空間をぼんやり見て考えたけど「……わかんねえ」とこぼす。

『好みじゃない』を乱発しといてわからないのかよ。雑な人だ。

「前、好きな人いたって言ってたじゃん」

「あー、先生？　柔らかそうなカーディガンの……胸のあたりが膨らんでいるのを見て……ドキドキしただけなんだよ……もう顔もうっすらとしか思い出せねえ」

他の人なら恋愛にカウントしていないレベルのそれかもしれない……。しかし言うということは、それしかないいんだろう。

「尚はどうなんだよ？」

「好きな人？　普通に……たまにいたよ」

「どんなタイプが多かった？」

「意外と……意外性がないタイプが好きだよ」

「んだよそれ……わかりにくい」

「うん……」

「もっと具体的に言えよ……学校とかにいる？」

「わたしの好きなタイプは……お尻が大きくて鼻の穴にいつもピーナッツ詰めてて、内股気味で歩く顎の割れた人」

「……山口《やまぐち》のことか？」

「ほ、本当にいるの?!」

「……いるわけねえだろ。そんな人」

そんな意外性のかたまりみたいな男……

じゃあ誰……山口君……。

「山口、ちょっと似てるけど……」

大丈夫なの山口君……。

そのままちょっと街をぶらぶら歩きまわったけれど、瑛太は話に夢中になって、手を繋いでいることを忘れてしまっていた。わたしは彼が忘れているのをいいことに黙っていたので、結局駅に入って瑛太がそのことに気付くまで、手はそのままだった。


帰り道に桜が咲いていた。

もうすぐ新学期がきて、二年生になる。

三年生が卒業してからしばらく経つけれど、まだどちらもそのことには触れていない。

▼学校にて

　一緒に出かけた翌日。朝から着信があって、見ると瑛太からだった。そのまま折り返す。

「尚、昨日俺が買ったステッカー知らない？」

「……知るわけないじゃん、一緒に住んでるわけでもないのに」

「買った後に尚の袋持ってて、小さいからそっちの袋に入れちゃった気がすんだよ。帰りに回収しようと思って……もしかして袋捨てちゃった？」

「え、あ……待って。見てみる…………」

　衣料品関係の紙袋はお母さんがまとめている場所があるので、そこに突っ込んでおいたはずだ。スマホを耳にあてたまま移動して押入れをゴソゴソ探る。昨日入れたばかりなので出しやすい位置にあった。

「あったよ。瑛太が買ったなんに使うのかよくわかんない変ちくりんなステッカー」

「余計な感想は混ぜなくていいだろ！　尚、今日はなんか予定あんの？」

「今日はねぇ、わたしは学校に行くよ」

「……何しに？」

「ずっとないないと思ってた水筒をロッカーに置きっぱなしだったことを思い出したから……」

「もうすぐ春休み終わるのに今気付いたんだ……まぁいいや。俺も行くからステッカー、一緒に持ってきて」

「わかった。……一応制服着た方がいいのかな」

「あー……だろうな」

この辺は学校によるのかもしれないけれど、うちの学校では休み中でも学校に行く時は基本制服着用だ。忘れものくらいで面倒だけど仕方ない。瑛太なんてステッカーのために着なければならないのだから。

電話を切って制服を着た。廊下で優兄に声をかけられる。

「あれ、尚どうしたの？」

「学校に忘れもの取りにいってくる」

「……それだけ？」

「ついでに瑛太にも会うけど……」

「なんか可愛いと思った。いつも可愛いけどね」

表情なのか、前髪の感じなのか、優兄の謎のセンサーはあなどれない。こうやって小さな違いとも言えないくらいの微細な変化を感じ取り、幾多の女の子にモテてきているんだろう。

　玄関を出ると原付でバイトから戻ってきた陽兄に鉢合わせる。ヘルメットを取って原付に跨ったまま言う。

「お、尚！　どうしたんだ？　休みなのに制服なんて着て！　大丈夫か？　寝ぼけてるのか？　間違えてないか？」

「忘れもの取りにいくの」

「そうか！　餃子貰ってきたぞ！　今ここでひとつ口に入れていくか？」

「……お、お腹いっぱいなんだ。帰ってからにする」

*

　校庭では野球部が練習していた。サッカー部も。土を踏み鳴らす音と、ボールが地面に擦れる音。それから話し声と、いろんな音がしていた。

　人の気配のない校舎に足を踏み入れる。静かで、学校も休んでいる感じ。

　瑛太はまだ見当たらなかったので先に教室前の廊下に行き、自分のロッカーを開けて水筒を取り出す。いつもより、がちゃんという開閉音が響く気がした。

「お、有村か？」

担任の三輪《みわ》先生がちょうどいて、わたしに気付いた。制服で来てよかった。

「水筒忘れたんです」

「なんだなんだ。今頃気付いたのか」

「はい。昨日やっと思い出せました」

先生は苦笑いして、軽い溜め息を吐いた。

「お前もまぁ、色々と……大変だとは思うけど……頑張れな」

ぼんやりぼかされてるけれど、瑛太とのことだろうか。先生にまで知られている。でも、考えたら当たり前か。

「藤倉君のことですか」

ぼかされていた部分を取り出すと先生はちょっと口元を歪め、笑って頷く。

「うん。俺は正直お前みたいな真面目な生徒でよかったと思ってるんだ……助かってる」

「わたしが真面目だと、助かるんですか」

「俺もいろんな学校いたからな。藤倉みたいな奴はたまにいたよ……。で、ああいう奴が調子に乗ってハーレム結成するとな、学校全体の雰囲気が悪くなるんだよ」

「あぁ……」

「それに若いうちはとにかく周りに影響受けやすいからな。藤倉は、あれで根が真面目な奴だから……悪いのと付き合って影響受けると……先生達も困る」

「……」

「お前らはまぁ……ほのぼのやってるみたいだし……そうすると周りも毒気を抜かれるんだよ」

結構周りの反応が殺伐としてることもあるんですけど……。まぁ、わざわざアピールすることでもないかと胸に納めた。

「お前には職員全員を代表してお礼を言うよ」

先生がどこか冗談めかした顔で笑う。若い女の先生にはひとり瑛太と付き合ってから何故かわたしを嫌いっぽい人もいるし、割と無関心そのものの人もいる。あからさまに面倒だな、という顔をしてる人もいる。担任がこんな感じでよかったかもしれない。

下駄箱の方に戻ると瑛太がちょうど着いたところで、こちらに向かって小さく手をあげた。

「尚、水筒もう回収したんだ」

「うん、これステッカー」

手に持っていた水筒を鞄に入れて、代わりに瑛太のステッカーの袋を取り出す。

「さんきゅ」

「さっき三輪先生がいて……」

言いかけた時本人がこちらに来た。両手に段ボールを持っている。

「お、藤倉もいたのか」

「なんすかその荷物」

「これは入学式の準備だよ。そうだ、藤倉。ちょっといいか」

先生は段ボールを少し離れたところに置いて瑛太に手招きした。

ボソボソとわたしには聞こえないくらいの音量で二、三言かわして瑛太が戻ってくる。

「おまたせ。帰ろ」

そのまま一緒に校舎を出た。

「何話してたの」

「ん？　あー……本当にはしてないとは思うけど、学校でエロいことすんなよって……ほら、噂になってたから。そんなようなこと言われた……」

「……」

体育館の脇を通るとバスケ部の練習の音が聞こえた。ボン、ボンとボールの弾む音。キュッキュッという足の音。それから騒がしい声。

瑛太が横目でそちらの方向を見ながらぽつりと言う。

「いいなー」

「あ、やっぱやりたいの？」

「あそこには戻りたくない。俺嫌われてるし」

「そうなんだ……」

「別にバスケに特別思い入れがあるわけでもないんだけど……友達いないとああいうみんなでやるボール遊び全般できねえからなぁ……」

「全然やってないの？」

「春休みに入ってから一度中学の仲間と集まってフットサルやったよ」

「よかったじゃん」

瑛太の行っていた中学は近隣なので、もちろんうちの高校にもそこそこ同級生はいるのだけれど、距離を置かれて疎遠になったのか、別の高校に行った人の方が仲良しが多いようだった。本人もその方が気楽なんだろう。

「……でもなんかひとり彼女呼んでた奴がいて……」

「え、まさかまた……」

矢中君の悲劇があったのだろうか。瑛太が察して首を横に振る。

「そういうんじゃないよ。俺の友達の彼女はそこまで馬鹿じゃねえ。ただ、女友達何人か連れて見にきてて、そのうちのひとりが俺のこと知ってたんだ」

「……」

「あの人は高校ですげーモテてる有名人だとかなんとか騒いで、写真とか撮り始めるから、なんか変な空気になっちゃって……」

「あー……それは」

「周りの友達も俺がちょっと悩んでたこと知ってるから……さりげなく止めてくれてんだけど……でもそいつ全然気にしねえの……。ひとりではしゃいで、俺の高校での現状を言いまわって……彼女いるけど浮気しまくりだと思うとか、妙なことまで」

　つまり、有ること無いこと言われて色々台無しだったわけだ。瑛太は思い出したら落ち込んだのか小さくぼやく。

「中学の同級生もなー、どことなく変わった気がすんだよな。友達と遊ぶんだから彼女なんて一日くらい断ればいいのに……両方にいい顔しようとするから」

「両方にっていうか、むしろ彼女に見せたかった可能性もあるけど」

「あー……まぁ、そうなんかな……」

　高校生になって彼女ができたら、夢中になってそちら優先になる人もいるだろう。もちろん人によるし、それとは別に男同士で遊びたい気持ちもちゃんとあるだろうけれど。少なくとも中学生男子と高校生男子は、少し違う気がする。良くも悪くも、少しだけ大人っていうか。

「俺も尚連れてけばよかった……」

「……なんの意味もないと思うけど」

「変なこと言われないですむだろ……。それに……尚はいるだけでいいんだよ……なんとなく」

　安全祈願のお守りみたいになってるけど。そんなにご利益はなさそう。

「うん」

「入学式の準備って言ってたな……三輪」

「もう学年変わるんだな……なんかあっという間だったけど……」

「そうだね……」

「だな……」

　そんな話になったら、ふたりとも思い出したように黙り込んでしまった。

　人のいない校舎を一度だけ振り返って校門を出る。

　休日の学校を出るといつもの街だった。

　あそこはなんだか閉じていて、中にいると安全だけど、とても狭い。

▼別れの理由

桜の蕾が一斉に芽吹いて路面を淡いピンクに染め終わった頃、わたしは高校二年生になっていた。

瑛太とは隣のクラスから、ふたつ離れたクラスに変わった。

わたしはくうちゃんとまた一緒だったし、今までとあまり変わらず呑気な感じに過ごせそうだった。

一週間ほど経って新しいクラスの雰囲気にも慣れてきた頃、廊下で瑛太と話していた。

「瑛太、クラスどう？」

「うん、まぁ、前よりいい感じ」

「どの辺が？」

「モテそうな女好きのイケメンが何人かいた。そいつらと一緒にいると寄ってくる女と勝手によろしくやってくれる」

……イケメンを風除けにしようってのか。

まぁ、でもイケメンはイケメン同士で群れを作った方が、もしかしたら学校社会では平和かもしれない。

「それに、全体的に、前より普通に話してくれる奴も増えた気がするな」

それはわたしも感じていた。ニセ彼女がどうとかよりも、あの頃が瞬間風速的にピークの時期だったのかもしれない。自然とブームが収束して、だいぶ落ち着いてきている。

「一年生は？　なんか騒いでたけど……」

「俺のことに限らずだけど……同学年の女が睨みきかせてるから、二年のフロアにまで来る奴は少ない」

「あぁ……」

頷きながら安堵と、薄い不安を感じていた。わたしの方も桑野先輩は応援してくれたけれど、お互い学校でニセの関係を続ける意味は薄くなっていた。

「……尚の兄ちゃん元気？」

「どっち？」

「両方」

「……うん。元気だよ」

なんで急にそんなことを聞くんだろうと、嫌な予感がした。

「瑛太のお兄さんは？」

「……元気。仲良くしてる。ありがとな」

瑛太が妙に素直にお礼を言った。

予感はどんどん胸に膨らんでいく。さっきから彼は床や、廊下の先の空間に視線をやっていて、目を合わせようとしなかった。わたしもなんとなく周囲を見た。廊下ではふざけあう声や笑い声が混じり合い、平和な日常が広がっている。

そうして、ふたりともずっと口にしなかったことを瑛太が口にした。

「三年生、卒業したな……」

「うん」

それからまた、瑛太が黙って、ふたりで意味なく窓の外を見た。遠くの空に鳥が飛んでいる。

ピヨピヨ、チチィ、そんな声が小さく聞こえる。

また瑛太と向き合って、視線が合うと彼がどこか気まずそうに笑って言う。

「別れる？」

答えられなかった。

拒絶できる理由もないけれど。

「尚のためには……その方がいいかなって……」

「……」

「俺……前、陽さんに言われたこと、結構頭に残ってて……」

「陽兄ちゃんの言ってたこと？」

「尚は、向こうから来てくれる奴と付き合った方がいい。俺がその機会をつぶしてるって」

「それは……。でも、瑛太の方は……本当に大丈夫なの」

「大丈夫だよ。クラス変わって、色々変わったし……」

そう言われたら何も言えない。

「でも、これからも友達として、よろしく頼むよ」

偽物の関係の別れはどこか淡々と訪れて「また明日ね」くらいの気軽さであっさりと現実となった。

あまりに早く通り過ぎるようにそうなってしまって、わたしの気持ちが追いつく前に、急にぽっかりと空いた穴のようになくなってしまった。

*

「ただいま」

居間で兄ふたりが揃っていたので座る。

「尚、どうしたの？　元気ないけど」

優兄がわたしの顔を見てすぐに目聡く気付いて言う。

ふたりが心配そうな顔でわたしを見る。これは、黙っているわけにもいかない。仕方なく、まだあまり口に出したくない言葉を吐いた。

「瑛太と別れた……」

「え、急だね」

「急でもないだろ。桑野もういないんだし……」

「あ、そうか……」

「うん……」

時間切れ、ということだろう。

そのまま今日話したことをぽつぽつ言った。

黙って聞いていた陽兄が口を開く。

「まぁ、あいつも少しは大人になったんだろ。どの道、尚の幸せを考えようともしねえ奴にはやれねえよ」

「陽兄………相手に完璧さを求めてもしょうがないよ。そんなの求めてるから彼女できないんだよ……」

「妹のためを思って言ったのにその辛口コメントかよ！」

「まあ、仲良くはなったんだし、これからは友達として……頑張ればいいよ」

「……うん」

優兄が慰めるように優しく微笑んで言う。

「落ち込むことないよ。尚は本当に付き合ってたわけじゃないんだから、失恋したわけじゃないんだよ？」

「そうだけど……」

でも、すごい失恋した気分……。

＊

わたしと瑛太が別れたことはすごい早さで広まった。沢山言いまわったわけでもないのに、拡散率がすごい。

ただ、瑛太の周りが以前と同じようになることはなかった。水面下のことはわからないけれど、見た感じは前ほど酷くない。

バレンタインで全チョコ拒否の偉業を成し遂げたのも効いているのかもしれない。あそこでバッサリ振られた子達がなんとなく他に目を向けたり、彼氏を作ったりしていた。

それから瑛太はわたしと付き合っているフリをしていた頃、彼女持ちの人として交友関係を広げていた。

一度友人のように普通に話した人をいまさらアイドル扱いはできない。彼は人間の尊厳を多少回復させていた。

　そして「友達としてよろしく」と言ってもやはりわたしとの関わりは薄くなった。彼女じゃないから一緒にお昼を食べることも、ふたりで帰ることもない。瑛太の方は男子の友達を前より沢山作ったのもあってなおさら。

　教室移動の帰り、忘れものをしてひとりで歩いていたら、少し遠くの廊下の窓際で瑛太がイケメンと会話して笑っているのが見えた。楽しそう。お似合いで余計に遠く感じられる。

「尚！」

　わたしに気付いた瑛太が軽く手を振る。それから街で戦地の旧友を見かけたかのように笑顔で駆け寄ってきた。

「久しぶりだな！」

「うん、久しぶり」

　別れて一週間くらいしか経っていなかったけれど、すごく久しぶりに感じられた。

「あ、瑛太、野田さん見た？」

「あぁ、見た。すげえな」

　彼女は最近突然丸坊主にして登校して、見事校内の注目を集めた。そんな方法でいいのだろうかと思うけれど、見かけた本人はこの上なく満足そうにしていた。

思い切ったよね、と言い合い、ふと気付く。

「あれ、別れたばっかりなのに、あんまりなごやかなのもおかしくない？」

「あ、そうか」

「ていうか別れた理由……決めてなかったね」

「俺一度聞かれた時困ったよ」

「なんて答えたの？」

「……性格の不一致」

「それだと喧嘩したみたいだけど」

「だよなぁ。あ、そしたら俺の浮気でどうだ？」

「どうだ？　って……何誇らしげにしてるの。それでいいの？」

「浮気するような奴はモテないだろ。好感度落ちるだろ」

「何陽兄みたいなこと言ってんの……現実は何故かそうでもないしマトモな人が遠ざかるだけだよ。それに簡単にそういうことをできる相手として、今度は体方面から瑛太が特に苦手とする肉食のものすごいのに沢山狙われるだけ」

「お、おう……」

少し離れたところに彼のイケメン友人がそのまま立っていた。そちらを見ると目が合って、にっこり笑ってこちらに来た。

瑛太の隣に立って、にこにこ笑ってわたしに小さく頭を下げるのでわたしも小さく頭を下げた。

「元カノ」

瑛太がこの上なく雑に紹介する。

「知ってる。紹介してよ」

「え、やだよ」

「なんで？」

まさかの即答にイケメンが軽く目を剥いた。瑛太は眉根を寄せて嫌そうに答える。

「お前軽いから。やだ」

「……は？」

思わず、軽いと言われたイケメンと顔を見合わせた。

＊

「なーおちゃん」

放課後にひとりで昇降口を出ようとしてると声をかけられる。振り向くと昼間の瑛太の友達のイケメンがいた。

「ええと……」

「冴木《さえき》」

「うん。あれ、わたし名前言った？」

「知らないわけないじゃん？　藤倉の元彼女の有村尚ちゃん」

まあそうか。あれだけ目立つ人間と半年間一緒にいたのだから、名前は校内に轟《とどろ》いていてもおかしくない。

「なおちゃん、好みのタイプなんだよね。オレ今フリーだし、他がいないなら考えてよ」

「本当に軽い……」

そう言うと冴木君は笑った。

「いや、オレ前から藤倉といるとこチラチラ見かけてさー、なんか面白いなってずっと思ってたんだよ」

「……面白い……」

褒め言葉なんだろうか。微妙だ。

「うん、無表情なのに、ムスっとして不機嫌な感じでもなくて、変な感じだなって見てるとたまーに笑ったりするのがたまらない感じっていうの？」

「そんなの……言われたことないけど……」

「そりゃないでしょ。彼氏持ちだった……あ、やべ」

冴木君が廊下の方を見たのでつられてそちらを見ると、怒った顔の瑛太がこちらに歩いてきていた。

「なんだよ藤倉」

冴木君が悪びれるでもなく笑いながら瑛太に言う。

「尚は駄目だって言ってるだろ。他にしろよ。お前ならいくらでもいるだろ」

「いくらでもいるわけないじゃんね。もう別れたんだからいいでしょ……」

前半はわたしの顔を見て、後半は瑛太の顔を見て確認するように言う。

「お前は駄目」

「誰ならいいの？」

聞かれて瑛太は上を見て考え込んだ。

「……なんていうか……もっと……真面目で信頼できる誠実な若者だよ」

「お前なおちゃんのお父さんかよ……」

確かに。何者なんだと言う発言だ。

冴木君は不可解な顔をして頭をガリガリ掻いた。

「ってかさー、なんでふたり別れたの？　ついこないだまで超仲良かったじゃん。バレンタインも彼女から以外受け取り拒否なんてしてさ。今だって険悪でもないし」

冴木君が覗き込むようにわたしに顔を近付けて、瑛太がわたしの肩を掴んで少し後ろに移動させられる。

「え……っと」

「性格の不一致だって」

「んー、違うな。なんか別なこと……」

冴木君が意外に鋭い勘を発揮する。

「性の不一致……も違うよねえ。中庭でエッチしちゃうくらいだもんねー」

「そ、んなこと……」

「してねえよ！」

「んーオカシイ。なんっかオカシイ！　オレの勘がささめいている！」

ささやく、じゃないのか。冴木君、勘は鋭いけど日本語はおかしい。

「んー、教えてはくれなそーだね……」

「大した理由じゃないから……気にすんなよ」

冴木君は納得いかない様子で瑛太の顔を下から覗き込む。

「……そーお？」

「そうだよ」

それからわたしの方にぴょこんと移動して顔を覗き込んでまた「そーお？」と確認

してくる。

「うん……」

そのまま至近距離でずっと疑うように見つめられていたのを、瑛太が冴木君の頭を雑にぐいっと押して引き離した。

「んんー」

冴木君は目を閉じてしばらく唸っていたけれど、やがて目を開けて頷いた。

「まぁ、いいや。またねー、なおちゃん」

なんとか諦めて引き下がってくれた。よかった。気付けばそこに瑛太と取り残されていた。

「帰ろっか……」

「うん」

別れたはずが流れで一緒に帰ることになっている。色々雑だったかもしれない。

「ちゃんと決めておけばよかったね……別れた理由」

「だな。でも……なんかある?」

「んん、と」

学生が別れた後も仲良くいられる理由なんて、あまり思いつかない。同時に心変わりとか……駄目だ。瑛太の場合他の新しい相手がいないと変な感じ。

「なんか……考えとく」

「阿呆らしいな……」

「うん……ていうか瑛太、なんでお父さんみたいになってんの……」

「お父さん言うな」

「……」

「でも俺は尚のためを思って別れたんだから……変な奴と付き合って傷付くなら俺が気を使った意味がないじゃんよ」

「わたしのために別れたなら……そもそもそんな必要なかったのに」

「え、でも陽さん……」

「うん。瑛太がいると男の人が寄ってこれないって言ってた。でもわたしは、結局自分から好きになった人以外見向きもしないっていうのも言ってたよね」

「まぁ、そうも言ってたけど……」

「それは本当だよ。結局、向こうから来る人を好きになったことはないんだ。だから別に、わたしが自分から誰か好きになるまで……」

「うん」

「瑛太がまだその……ちょっとでも……必要なら……」

なんだか恥ずかしい。だんだん声が小さくなる。

瑛太がこちらを見てまた「うん」と言って前を向いて歩く。
「じゃあ、それまで……できたら……もうしばらく……」
瑛太はそこから急に小さい声になって
「俺の彼女でいて」と言った。

▼沢俺と不倫とジレンマと

結局一週間でニセのヨリが戻った。

こうなると周りも「やれやれ、なんだよ人騒がせだな」という空気を隠そうともしない。

「周りが呆れた目で見てくる……」

「俺も……痴話喧嘩なら周りに言うなって怒られた……」

教室前の廊下でふたり揃ってしょんぼりしていた。

「でもこんなこと繰り返したら本当にちゃんと別れた時に信じてもらえなくなるかもしれない……。気を付けなきゃな……俺は構わないけど……それだと尚が彼氏作れないし……」

「それはそこまで気にしないけど……女子がこわい」

ぬか喜びさせるんじゃないってはっきり言ってきた子もいる。もう最近は同学年にはミーハーな子はだいぶいなくなった。いや、いるにはいるんだろうけれど大人しく見てるだけだ。残っているのは濃度というか、やたらとキャラの濃い精鋭ばかりだ。

「俺も女子がこわい……」

瑛太の方も何かキレ気味に怒られたらしい。ふたりで反省して黙り込む。

それから瑛太が顔を上げて、唐突にわたしの頭に手を伸ばし、熱心に撫でつけ始めた。

「瑛太、何やってんの」

「これ寝癖……？」

「後で自分で見るから戦わなくていいよ……」

「これくらいならすぐ直る……ほら」

「ほらって、直ったの？」

「うん」

「じゃあ今は何やってるの？」

「尚の髪の感触が気持ちいい」

通りかかったクラスメイトが呆れた声をあげる。

「お前ら……ヨリ戻してから前にも増してイチャついてんなー」

「反動だ。ほっとけ」

「藤倉君、庶民の子と別れたんですって？」

高らかな声が聞こえて、見ると以前絡んできた女の先輩が立っていた。確かこの先輩は、社長の娘で家がお金持ちなのが売りのお嬢様だ。

「あなたもようやく将来を見据える気になったのね！　パパに話したら就職もちゃーんとお世話するって言ってたわ！　あなたは私と付き合えば我が東堂院《とうどういん》漬物株式会社の、たくあん部門トップの座が約束されるわよ！」

お漬物の会社なのも驚いたけれど、その若さで親のコネクションを使い堂々とそちら方面から攻めようとする姿勢には、いっそ感心する。

瑛太が申し訳なさそうに深々と頭を下げた。

「すいません……ヨリ戻りました……」

「は？　ど、どういうこと？　別れたんでしょう？」

どうも学年が違う分、情報伝達速度に誤差があったようだ。それに、破局に比べると復縁は周りもさほど興味がないのか噂のまわりが遅い。

「それが……一週間で仲直りしまして……ほら、尚も謝って」

「え、あ、すいませんでした……」

ふたりで頭を下げる。元はと言えば瑛太が言い出したことなのに……何故わたしまで……。

たくあん先輩が拳を握って小さくワナワナと震えだす。

「こ、このままだと私、西宮《にしのみや》漬物食品の息子と政略結婚させられてしまうわ！　今すぐ別れて！」

「それ、嫌な奴なんすか？」

「すごい歳の離れたおじさんとか？」

「三つ上で、昔から私に意地悪ばっかり言うのよ！　嫌よ！　あんな奴！」

何その恋物語。楽しそうじゃないか。

そのまたくあん先輩のお説教と身の上話を聞かされているうちに予鈴が鳴った。

「おいお前らー、チャイム鳴ったぞ。東堂院、なんでこのフロアにいるんだ。戻れ」

パタパタと足音をさせて三輪先生が来た。たくあん先輩がいなくなってわたしと瑛太に言う。

「お前ら、すぐ仲直りするくらいならしばらく言わずに寝かせとけよ……いちいち周りが騒ぐだろうが」

「す、すいません……」

一週間別れていただけなのに……何故こんなにも周りに謝罪してまわらなければならないのか……。ていうか寝かせておく別れって何……。

＊

それでもそこから数日経った後には、また以前のペースを取り戻してのほほんとやれるようにはなってきた。

「そういえば最近、別れてヨリを戻したせいなのかさー」

「うん？」

「浮気相手でもいいって来た奴がいて……」

「へぇ……揺らいだ？」

「嫌だよ！　『あたし、二番でも……いいよ……』とか言って目ぇ潤ませてんだぞ！　あれ絶対自分に酔ってるんだよ……面倒くせえ予感しかしない！」

面倒くさいというよりその子、将来妻帯者と不倫とかしないか心配になる。会ったことないけど。

「前にもひとりいたんだよな……」

瑛太がしかめ面で言う。そんなのいたなんて初耳だ。

「そっちはどんな子だったの？」

「別方面に酔ってた……。あれは『奔放で身体だけの付き合いをできちゃう私、大人』って思ってる」

「で、でも湿度というか怨念度は低そうだね……」

「前髪かきあげながらオトナの付き合いしようよ……フフ……とか怪しげに笑ってたんだぞ！　無理！　無理無理！　俺とは世界観が合わない」

「世界観まで気にしてたら友達できないよ……」

しかしこの女性不信感……夢見がちな陽兄とも違うし、さりとて優兄のように割り切れているわけでもない。

「瑛太ってつくづく女の子嫌いだよね……」

「女体は普通に好きだし興味あるけど……ああいう奴らは嫌いだね」

瑛太は横目でわたしを睨んでふん、と鼻を鳴らす。

「だいたいさ、俺はニセの付き合いだけど……そんな風に自分の欲望と都合のために男誘惑したりして彼女が可哀想だと思わねえのかな。俺、恋愛なんかのためにそうやって平気で人を傷付けたり、出し抜いたりしようとする奴は本当嫌い」

久しぶりに瑛太のアレルギーとも言える反応を見て言葉を失ってしまった。本人に嘘をついて周りを出し抜いたわたしには、身に覚えがあり過ぎて心臓が縮み上がる思いだ。

「女に限んねえけどさ……」

「うん……」

「そういう奴らは恋愛のためならなんだってやるよ。平気で嘘ついたり、人格偽ったり、友達や恋人を裏切ったり……他人の迷惑なんて何も考えない……見境ない」

彼は実際に、物を盗まれたり個人情報が流れたり、勝手に写真を撮られたり、友達を失ったり、いろんな嫌な目にあってきている。その部分には同情するし、だから言いたくなるのはわかる。でも……。

「尚が浮気してるって嘘言ってきた奴もいたよ」

「そうなの？」

「俺からすればニセの付き合いなんだから、そんなことするわけないってわかってんのに……馬鹿だよな」

「そりゃ、まぁ……それやってたらわけわかんないよね」

普通に考えてそんな相手がいるなら、瑛太に言って関係を解消すればいいだけだ。ニセなんだから。

「それに、そもそも尚はそういう奴じゃないって俺は知ってるから」

「そういうって？」

「恋愛恋愛って、そんなことばかりしたがって、やたらと男だとか女だとか気にして、好きな相手を追いかけまわすために嘘ついたりするような奴らとは違うだろ」

「……」

「俺、正直尚くらいしか女信用できない」

「……」

「恋愛なんて計算ずくで嘘ついてまでやるもんじゃないのに……男とか女の前に人間なのに。俺そういう奴は大嫌い」

「でもさ……もし、普通にいったら叶わなくて、それでも好きだったら、瑛太ならどうするの?」

「そんなん素直に諦めるよ。本人がいらないものを押し付けてどうすんだよ。そんなのする奴は結局自分が可愛いだけで、相手のこと考えてない」

「そうだね……」

だけどわたしは『二番目でもいい』と言ったその子を、瑛太ほどは酔っていると一蹴できない。もしかしたら、なんとか繋がりを作ろうと、必死だったのかもしれない。

その必死さは皮肉にも彼が嫌うものだ。

だけど、やってはいけないと思うこと、しないことのラインは違うけれど、わたしだって同じくらい必死だった。

瑛太の言っていることは潔癖なまでに正論だ。

もしもみんながその通りにできたなら、平和だろうと思う。

＊

自宅に入ると優兄の部屋からボソボソ話し声が聞こえてきた。

扉から中を覗くと、うなだれた陽兄の前に頬杖をついた優兄が座っている。中に入って何事か聞くと陽兄の恋の作戦会議だった。

「陽兄好きな人できたの？　珍しいって言うか……久しぶりだね！」

明るく言ったけれど、陽兄は相変わらずうなだれているし、優兄は難しい顔をしている。

「で、なんで……え、まさかもう振られたの？」

その質問には優兄が答えた。

「それがさ、こいつ彼氏の恋愛相談されてるうちに好きになっちゃったんだって」

「あぁー」

彼氏持ちか……。なんというか、いかにもではある。陽兄ちゃんがモテないのは、相手選びの時点で失敗していることが多い気もする。

「陽の駄目なところはさ、一途な子に弱いとこなんだよ」

「どうしてそれが駄目なの」

「たぶんきっと、彼氏に対して一途に悩んでいるところを見て好きになったんだろうけれど……他の人に一途な子を落としたところで、本当に一途って言える？　そこで冷めちゃうんじゃないの」

ジレンマだ。モテない男のジレンマ。

ずっと床を見て固まっていた陽兄ちゃんが口を開いた。

「でも俺、気持ち言いたい……」

「それ、今伝えたら関係壊れるよね……もう少し待ちなよ。別れるかもしれないし」

優兄はあくまで冷静だ。

確かに相談相手から好きと言われたら、もう相談はできないだろう。気持ちを知ってて同じように相談し続けるのは少し鬼畜な感じがする。今築いている友達関係までなくなることになる。

「でも俺は、好きな奴にはちゃんと好きだと言いたい。嘘ついて一緒にいるのは辛くなる」

陽兄の言葉にドキッとした。

優兄はわたしの顔をちらりと見て、天井を見て溜め息を吐いて黙り込んだ。

結局その日、陽兄の話自体は決着しなかったけれど、わたしの頭に残った。

わたしは、このままでいいんだろうか。

騙すことに、嘘をつくことにすっかり慣れてきてしまっている。

そこまで長期的に考えてはいなかったから、ここまで、この状態が続くとは思っていなかった。

この関係が終わる時、彼とわたしは一体どこにいるんだろう。どんな顔をしているんだろう。

その想像はあまり楽しいものではなくて、小さな恐怖を伴うものでしかなかった。

▼冴木君と、時限爆弾

その日まで、変化の兆《きざ》しは感じられなかった。

だからわたしは結局、いろんなものをしまいこんで、目の前の一日をただ過ごしていた。

そのお昼休み、わたしは珍しく、くうちゃん達とお弁当を食べながら話していた。

お弁当のミニハンバーグを口に運んで咀嚼している時、突然何かが肩にのった。

「なーおちゃん」

横目で見ると冴木君がわたしの肩に顎をのせていた。びくっとする。

「オレ聞いちゃった。本当のこと」

「本当の……こと？」

「……場所移したい？」

含みのある笑顔で聞かれて黙って頷いた。

「わーい、なおちゃんと、お昼だーい」

浮かれた仕草でスキップする冴木君に連れられて、不本意ながら空き教室に移動した。冴木君は中に入ると扉を閉じる。

「本当のことって何？」

「あ、もう聞いちゃう？　オレ調べたんだよねー。前、付き合いが嘘だって噂が流れてたのが怪しいと思ってその時の噂の出元……で、辿っていったらひとりの女子生徒に行き着いたの」

「え……」

「ボウズの女子にきーたら生き生き答えてくれた」

「……」

「その人が言うにはー、なおちゃんが藤倉と付き合ってるのはフェイクなんだって。

なんでも、お互いに……」

「それ、嘘だから」

「えっ」

「わたしがそういう風に見えにくいから言われてるだけ。野田さんも勘違いしてる」

冴木君は拍子抜け、というか軽く落胆した顔をしたけれど、なおも納得いかないように口を尖らす。

「んんー？　まぁ、確かに色々話が大袈裟ではあったけど……でもなんかおかしいなー。別れてヨリ戻してーって色々してるのに、なおちゃん温度が変わらなすぎんだもん」

「わたしはよく言われることだよ」

「わっかる！　だから変化見つけたくなるんだよー」

「……」

「じゃあさ、付き合うきっかけ教えてよ」

冴木君、意外と食い下がる。

「瑛太が校舎裏で具合悪くしてるとこ助けて仲良くなった」

事実。これは超事実だ。冴木君はわたしの顔をじっと覗き込んで変化を見つけようとしているけれど、何も読み取れなかったようで眉を下げる。

「んー、なおちゃんガード固いな。でも、わざわざついてきたってことは、なんかやましいことあるはずなんだよな」

鋭い。ちょっとぎくりとして、なんとなく冴木君から距離を取ると扉が勢い良く開いた。

「さーえーきー。何やってんだよ」

「あれ、藤倉」

「教室に行ったら尚を冴木が連れていったっていうから……捜したじゃねえか。何やってんだよ。ヨリ戻したって言ったろ」

「それはきーたけど」

「尚も、こんな見るからにスケベそうな奴についていくなよ。危なすぎるだろ」

「ひっどいなぁ……。君達について調べてたの。そしたら面白い話沢山あってさー。付き合いがお互いの利害のためだとか」

「噂なんて全部嘘だよ」

「えー、じゃあさぁ、なんでこの間別れたの？　どーして別れてる時も仲良く話してて、そっこーヨリ戻したの？　色々変だよ！　なんか秘密あるでしょ！　オレにも教えてよー」

冴木君はどうしても納得いかない様子でゴネる。

期間が短かったのでほとんどの人は痴話喧嘩と思っているようだったけれど、冴木君には別れてる時にも普通に話しているところを見られているからだろう。違和感が好奇心を刺激してとても気になっているようだった。

瑛太はわたしの顔と、冴木君の顔を順番に見て嫌そうに溜め息を吐いた。

「あー……もういいか……」

「えっ」

びっくりして声が出た。

「そう。付き合ってんのは、フリ。お互い面倒を避けるため……誰にも言うなよ」

「瑛太、いいの？」

「こいつ異常に好奇心強いんだよ。どうせ言うまでしつこく探るよ」

瑛太はそう言ってわたし達の関係の事情を冴木君にぺろりと話してしまった。予想外のことに唖然とするわたしをよそに、冴木君は満足そうに頷く。

「あ、てことは、なおちゃん彼氏いないいんだー」

わたしを見てにこにこ顔で言う冴木君に瑛太が苦々しい顔をした。

「でも、お前のような不純な男に尚はやらないからな！」

「だからお父さんかよ……」

わたしの心の声を冴木君が代弁した。

「ねぇ、でもさ、なんで他にも頼める子沢山いるのに、なおちゃんなの？」

「尚が俺のこと好きじゃないからだよ。もう首突っ込むな」

「なに？　どういう意味？」

冴木君が納得できない怪訝な顔をしているので解説を入れる。

「フリするのに瑛太のこと好きな子だと駄目でしょ……」

「あー、そっか。なるほど」

ふうん、と言いながら冴木君は首をひねった。

「ところで冴木……さっきクラスの女子が話してたんだけど、他クラスの女子がお前のこと気にしてるらしい」

「えっ！　マジ？　誰誰！　可愛い？」

「B組の……どことは言わないがお前の好きそうなパーツを持っている子」

「誰？」

「これ以上尚のこと構わないなら教えるけど……」

「え～。なおちゃんて構いたくなる……無表情なほっぺツンツンしたくなる……」

「我慢しろ。嘘でも今は俺のだ」

「じゃあ外向けには藤倉の彼女で、オレとこっそり付き合うのは？」

何故、瑛太に聞く。わたしの意思は無視か。

「駄目だって。真人間に生まれ変わって出直してこい」

「嘘のくせに……なんかずっりぃなぁ……。まぁ、わかったよ。なんにせよ先に藤倉のお気に入りってわけか……。で、誰？　オレのこと好きでたまらない子誰？」

そこまでは言ってなかった気がするけど……。瑛太が冴木君に耳打ちする。

冴木君が「おっぱいじゃーん！」と叫んでテンションを上げた。俄然やる気が出てきた様子。ある意味わかりやすい人だ。

なんとかこちらに興味をなくしそうだ。

すっかり油断していたところ、彼の口から突然ぽろりと出た発言に凍りついた。

「でもさ、オレわかんねーのがさ、もうその先輩は卒業してるのに、なおちゃんの方には藤倉と付き合うフリして、なんの得があるの？」

どきんと心臓が鳴った。

「え……」

答えられなかった。嫌な汗がにじむ。

何か言うべきだ。ここで黙っては駄目だ。

でも言葉が出てこない。

冴木君の方も、瑛太の顔も見れなかった。

最初の頃にした会話。瑛太が言った言葉。

『なんの見返りもなくそんなことやる奴はいない』

その言葉が頭をよぎった。

「わたしは、その……」

言いよどむ。続く言葉が、頭のどこを探しても見当たらなかった。

「冴木、俺らの話だよ。余計な口出し過ぎ」

瑛太が割り込んで、ほっと息を吐く。

「だってさぁー」

「尚は俺のこと好きじゃないのに協力してくれてるんだから……余計なこと言うなよ」

床を見ながら黙ってその言葉を聞いた。

わたし、そんないい人じゃない。

*

それからしばらくして、冴木君が廊下で胸の大きい女の子とご機嫌な顔で話しているのが見えた。なんてわかりやすく浮かれているんだ。あ、さり気なくボディータッチしてる。女の子がまんざらでもないのでイケメンは得だ。

呆れて眺めながら通り過ぎようとした時だった。

「あ、なおちゃん」

呼び止められて立ち止まる。冴木君は一緒にいた女の子に断ってからわたしの目の前まで来た。

「あれから、一個まだ気になることがあってさ」

「……気になること？」

「なおちゃんて、藤倉のこと好きだよね」

冴木君は、なんでもないことのように、さらりと言った。

思わず目を見開いて硬直する。

「……え」

「当たり？　いや、なおちゃんに得がないのになんで？　って聞いた時の反応見て、もしかしてと思ってさ……なんで告らないの？」

黙っていたけれど、真顔で待たれて観念して答える。

「……そんなこと、言えないよ」

「なんで？」

「……瑛太はわたしが瑛太のことを好きじゃないと思ってるから、付き合っているフリをしてくれたから……」

冴木君は数秒考えてから理解して「あー、そういうことかー」と頷いた。

知られたくなかったけど、とっさに隠しきれなかった。下唇を噛む。

「まぁ、なおちゃんのことだから、オレがどうこう言うことでもないけど……でもさー、その」

冴木君はちょっとだけ言いよどんだけれど、結局そのまま言葉を吐いた。

「いつまでそんなことやってるの？」

「……え」

「なおちゃん、卒業までそのままでいるの？　オレはもったいないと思うけど」

「もったいない？」

「そんなんやってるのって時間の無駄じゃない？　恋愛なんてさー、さっさと動いて、もし駄目だったらすぐ次いって、それも終わったらまた次っていくもんじゃん？」

「それはどうだろ……」

「まぁ、これはオレの恋愛観だけど……」

「ぽいね……」

「藤倉になおちゃんのこと聞いたけどさ、あいつなおちゃんは自分に恋愛感情持ってないって思い込んでるよ」

「……知ってる」

「このままだとー、いつかなおちゃんの心変わりか、あるいは藤倉に好きな子ができてバッドエンド、ってとこじゃない？」

瑛太に好きな人ができる。

心臓がばくんと動いた。

そんなことになったら、関わってしまっている分悲しみは深くなりそうだ。仲が良い分本物彼女の話を聞かされたりして、身動きが取れなくなって、もっと早く振られていればよかったと思うかもしれない。想像しただけで恐怖だった。

「騙してた期間が長くなると余計に言い出せないんだろうけど……そろそろなんとかしたら？　なんか好きになっちゃったみたい、って言えばいいだけじゃん？」

わたしは地面を見ながらぼうっとその言葉を聞いた。その様子が落ち込んで感じられたのか冴木君が慌てて言う。

「ごめん、よけーなお世話だったよね」

「ううん」

今まで誰もわたしをせかしたりはしなかったし、考えないようにしていたこと。だけど頭の端にはずっとあったこと。

＊

夕食後、優兄ちゃんがわたしの部屋の扉をノックした。

「尚、うちの周りずっとウロウロしてる女の子がいるんだけど、知ってる？」

「女の子？　優兄の知り合いじゃないの？」

「おれも陽も知らないんだよ。見てみて」

窓の外を見ると見覚えある子がぽつんと立っている。

「知ってる？」

「うん……あれは、瑛太の幼馴染の子だ……」

優兄は「藤倉君の？」と言ってカーテンの隙間から一緒に外を覗き込む。

「見たところひとりだし……武器も隠し持ってなさそうだし……行ってあげたら？」

「うーん……」

「もう遅いし、あの子も危ないと思うんだよね……」

その通りだ。わたしは数秒ためらったけれど結局、まさかいまさら刺されたりはしないだろうと玄関を出た。

「何してるの……」

所在なくウロウロしていた彼女はわたしの姿を見て動きを止めた。無言で睨みつけて近寄ってくる。やはり、友好的な理由で訪ねたのではないらしい。

「どうしたの」

「どうしたも何も……ムカつき過ぎて来ちゃったのよ……」

「え……」

「あたし今日、有村さんが廊下で瑛太のクラスの男子と話しているの、聞いたの……」

息を詰めた。冴木君との会話が聞かれていたらしい。断片的ではあるけれど、考えたらわかる部分は充分あっただろう。あの時は焦っていたし、周囲にまで気がまわらなかった。

「付き合ってるのがフリだった……それはいい。……有村さん、本当は瑛太のこと好きなのに、隠して近付いたんだよね」

「……そうだよ」

「卑怯だと思わないの？」

「思うよ。でも……瑛太に好きな子ができたらちゃんと別れるよ」

暗闇の中、彼女の小柄な影が数歩近付いて、その表情がはっきり見えた。その目は怒りに染まっている。

「そういう問題じゃない……」

「え……」

「自分だけ気持ち隠して繋がってようってのが卑怯だって言ってるの！」

「……」

「自分だけは違うみたいな顔して！　あんただって一緒だよ！　だって好きって言ったら嫌がられるから、振られるから言わないんでしょう？」

彼女はそこまで言って息を荒げて視線を逸らした。わたしに返せる言葉はなくて、少しの間沈黙が夜の闇に溶ける。

「……瑛太に言った？」

問いかけた言葉に彼女は視線を逸らしたまま、どこか投げやりに言葉を吐く。

「まだ言ってないけど……いつ言おうかなあ」

わたしがずっと瑛太を好きだったことを彼女は何故すぐに言わなかったのだろう。

「どうして来たの……」

彼女は下を向いて唇を噛んだ。

「ムカついたから！　あんたが振られる前に先に言ってやりたかったのよ！」

「本当ムカつく……」と言い残して彼女は足早に消えた。

呆然として家に戻る。

優兄ちゃんはわたしが戻るとすぐに心配そうな顔で近寄ってきた。

「よかった。ああは言ったけど、万が一逆恨みで何かされたらと思って心配で……窓の近くで見てた……」

「話の内容は聞こえた？」

「いや、そこまでは」

「あの子に全部バレて……ふざけんなって」

「全部？」

「全部。わたしの気持ちも……瑛太を騙してたことも全部」

「……まぁ、頭にはくるだろうね……」

立場が逆だったら、頭にくるだろう。自分は真っ当にいって振られたのに、そんな方法で出し抜かれたら悔しいし、許しがたいと思う。

「あの子、なんですぐ瑛太に言わなかったのかな……」

「うん。万が一それで上手くいったら馬鹿みたいだからじゃないかな。きっとそれが怖いんだよ……」

「……あぁ」

「どちらにしろ……尚、時限爆弾抱えちゃったね」

そうだ。まだ言ってはいなくても、いつ、彼女から本人に伝わるかわからない。

▼ずっと前から好きだった

六月の放課後。わたしは藤倉瑛太の部屋にいた。

あの校舎裏で彼に話しかけた時からすれば、信じられないくらいの変化だ。


目の前に、彼のスマートフォン、ペンケース。部屋の端には休日に会う時持っている鞄。そんなものが散らばっている。

わたしはちょうど一年前、高校一年生の六月に彼の存在を知った。噂に疎《うと》かったので知ったのは少し遅いくらいかもしれない。

初めて見た時のことは忘れない。

ベランダで、女の子達が話していたのだ。

すごくモテる格好良い人なんだと聞いて、ちょっと侮るような気持ちでそちらに視線を向けた瞬間にわたしの恋は始まった。

今にして思えば当然なのだけれど、その時も彼はあまり楽しそうな顔はしていなかった。

だけど、一目見た時に、なんかいいなって思ってしまった。どんな声でしゃべるんだろうと思って、こっそり近くまで行ってみたりした。今度はどんな顔で笑うんだろうと思ってまた見にいったりした。そんなことを繰り返すうちに、すっかり好きになってしまっていた。

気が付いたのが遅かったので、その時はもう普通に話しかけられる状況ではなかった。できるとしたら複数の女の子と一緒になって声をかけたり追いかけたり、そんなことぐらい。でもそれはしなかった。したくなかった。六十八番目だからこそ、みんなと同じになりたくなかった。

今は目の前で声が聞けて、自分に対して笑いかけてもらえる。見たことのなかったいろんな顔、駄目なところ、弱い部分も沢山見たはずだったけれど、想いは消えない。

窓の外はもう暑い。

もうすぐ夏休み。でもその前に期末テストが控えていた。

瑛太は普段幼稚で阿呆なのに成績は良い。わたしも特別悪くはないけれど、得意教科にバラつきがある。現国だけは彼より若干良いけれど他は全敗だ。

「瑛太に勉強を教わるのって……何かこう……」

「なんだよ」

実は賢かった犬がしゃべりだし、宇宙の法則について講義を受けてるような感覚があるんだけど……もちろんそんな失礼なことは言ってはならない。喉の奥に言葉を引っ込めた。

「実態を知ると成績いいのが不思議っていうか……」

「……尚」

しまった充分失礼なことを言ってしまった。

瑛太は反射的に何か言い返そうとしたようだったけれど、結局口を閉じてノートに向かった。シャーペンを持つ手が綺麗。それが動いて静かな音を立てるのをじっと見ていた。

「勉強はさ、勉強の仕方があって……単純な頭の良さだけでもないから」

「うん……」

「俺は昔から兄貴のやり方見てたから……なんとなく……尚?」

瑛太が言ってペンの動きが止まる。

それではっと気付いて自分のノートに視線を戻す。だいぶぼんやりしてしまっていた。

「それ、スペル間違って書いてる。尚、変なとこで適当だよな」

「え、あ、本当だ」

「あとエルとアールの区別が感覚で掴めてない」

「英語苦手……感覚でわかるの？」

「多少はわかるだろ。ていうか尚、なんでそんなページ開いてんの」

「そこはテスト範囲じゃないけど……」

「え、テストの……」

「え、あ、そうだっけ」

「尚、なんかぼーっとしてない？　大丈夫？」

「暑くなってきたからかな……」

「エアコン入れるか」

瑛太がリモコンに手を伸ばす。

わたしは勉強をしながらも、ずっとうわの空だった。

ここのところずっと頭にあったこと。

いつかは言うべきなんじゃないかと思って迷っていたこと。それがずっと頭をぐるぐるまわっていた。

瑛太のお母さんが入ってきて、笑顔でお茶とお菓子を置いてくれた。暑くなってきたからか、グラスには冷たい麦茶が入っていた。氷がカランと音をたてる。

それを飲んで、時計を見た。

午後四時二十三分。

三時半過ぎに来たけれど全然集中できていない。しばらくして、瑛太のお母さんがまた扉から顔を覗かせる。

「瑛太、買い物行ってくるからね」

「行ってらっしゃい」

「ちょっと遠い方行くから、夕飯遅くなるけど」

「……何か安いの？」

「そう、特売日！　よくわかったわね！」

「いつものことじゃん……」

それからしばらく廊下を歩く音がバタバタとしていたけれど、やがて玄関が閉じるガチャンという音と共に、静かになった。

駄目だ。集中できない。

ここのところあった色々な出来事がわたしをぼんやりさせている。そして、焦らせてもいた。

瑛太の幼馴染の顔が浮かんだ。彼女は怒りで目に涙を浮かべていた。でも結局わたしの気持ちを瑛太に伝えることはまだ、してない。

それから冴木君。

「そういえば冴木君に言っちゃったの、びっくりした……」

「そこらへんは大丈夫だよ。あいつ好奇心は異常に旺盛だけど、別に噂好きの女じゃあるまいし人に言いまわったりもしないよ」

確かに。冴木君が言いふらしたところで得はそんなにない。

「瑛太って、結構冴木君のこと信用してるんだね」

「そりゃだって、ずっと裏切るかもって思って生活すんの面倒くせえし。決めた奴はどっかで信用しないと……友達できないじゃん」

「そっか。でも……もしそれで裏切られたら……」

「そん時はそん時だ。事情は聞くし、許せなければ切るだけ」

「うん……」

瑛太が冴木君に秘密をバラしたのは、なんだかんだで彼を気に入っているからなのだろう。

冴木君の言葉が頭をまわる。

『いつまでそんなことやってるの』

いつまでだろう。いつまでだっていい気もする。いつかは勝手になくなるのだから、限界まで。爆弾が爆発するその時まで。ずっとこのままでいい。

そう思いながらも胸の中に言いようのない焦りが積もっていき、パンク寸前になって苦しく暴れる。ずっとこのままでいたい。でも、もう時間はない。

気が付いたらわたしは口を開いて言葉を吐き出していた。

「瑛太、謝らなくちゃいけないこと、ある」

「なんだよ」

ノートから顔を上げないまま、瑛太が答える。さらさらとノートをなぞるペンの音がぴたりと止まり上目でちらりとわたしを見た。

もう、途中まで吐き出してしまった言葉。けれどなかなか続きは出てこない。喉の奥から重たいかたまりみたいな言葉を探して、引きずり出す。

やっぱり、どうせバレるなら。それを彼が知るなら、わたしは自分の口からきちんと伝えたい。

「ずっと前から好きだった……」

「は?」

瑛太が顔を上げて、目を丸くした。

▼ノート、謝罪と裏切り

「ずっと前から好きだった」

わたしの言葉に瑛太が目を丸くした。

すぐには言葉が頭に入ってこないらしく、そのまま見開いた目で虚空を見つめている。

一度出してしまった言葉は戻らない。もうそれは相手の鼓膜に届いてしまった。取り戻せない。じわりと広がる苦い後悔と焦り、それから荷物を降ろした小さな安堵が胸にあった。

「え、だって、尚は……俺のこと……好きじゃなくて……だから……」

わたしの心臓が速度を増して波打っている。

「……嘘だろ？」

返事の代わりに、黙って見つめ返すことしかできなかった。それで、彼は数秒後そこから視線を逸らした。

沈黙があって、エアコンの低い唸りがふたりの間を通り抜けていく。

「ずっと……っていつから」

「校舎裏で……初めて会った時にはもう、好きだったよ」

「……」

「嘘ついてた……」

「嘘って……どこから？」

「最初から全部。好きじゃないって言ったのも嘘。瑛太を警戒させないため。しつこい先輩も本当はいなかったよ。お兄ちゃんの後輩の桑野先輩に頼んだの。全部、瑛太が好きで、近付くために嘘ついて騙したの。本当はわたしの方はずっと、フリをする必要なんてなかった」

もう少し違う言い方をすれば良かったかもしれない。だけど、あの子に言われたことが頭に残っていて、わたしを自虐的なまでに正直にさせる。これは全部本当のことだ。

瑛太は苦々しい顔で黙ってしまった。片手で自分の髪をくしゃりと掴む。

部屋は沈黙に満たされた。壁にかけられた時計が無神経にこつ、こつ、と音を刻み続ける。

やがて、下を向いていた瑛太から押し殺した小さな声が響く。

「……ふざけんなよ……」

「ごめん……」

瑛太は女の子の『女』の部分を嫌っている。

恋愛のために人を傷付けたり、嘘をついて人を騙したり、出し抜いたり、計算高く動く、そういう女の子がものすごく嫌いなのだ。

ずっと、わたしだけは違うと信じていたのに、信頼していたはずのわたしが最初から騙していたなんて、ショックだとは思う。彼はその部分だけは酷く潔癖なのだ。でも、わたしは最初からずっと、彼の嫌う他の女の子達と本当は何も変わらなかった。

　せめて途中から好きになったと言えばよかったかもしれない。でも、それも嘘だ。嘘を打ち明けるのに結局嘘をつくなんて、したくなかった。

　あるいはわたしは、自分のずるさを彼に知ってもらいたかったのかもしれない。無邪気に信じられていた罪悪感と小さな苛立ちがそれをさせた。

　瑛太が手元のノートのページをくしゃりと掴んで、そのページの文字がひしゃげた。

　そこからまた少し沈黙があったけれど、瑛太が低い声を出す。

「そこ、寝ろよ」

　ベッドの方を目線で指して鋭く言われて肩がびくっと震える。

「え……」

「早く」

　動けずにいると立ち上がった瑛太に手を取られベッドへと引かれる。ガタンと音がして瑛太が覆いかぶさってきた。ベッドがぎっ、と軋む。

「な、なに……」

「俺のこと好きなんだろ。いいよな」

　ひゅっと息を呑んだ。

　彼の目は強い怒気に満ちている。

　そのまま無言で彼の指がぷつり、ぷつりとわたしのシャツのボタンを外していく。

息が苦しくなる。悲しくてたまらなかった。

胸の中に広がっていく生温い絶望感で身体が小さく震える。手の下のシーツをぎゅっと掴んだ。

瑛太がわたしの顔を見た。

「……なんで泣いてんだよ」

涙が両目に溜まっているのはわかっていた。視界がぼやけていってたから。

瑛太がシャツから手を離して大声で言う。

「お前は………俺のこと好きなんだろ！」

激昂したような声が耳の中に入り込む。声の怒りの中に小さな悲しみを見つけてしまって、余計にたまらなくなる。

涙は後から後から湧いて出る。止められなくて、苦しい。呼吸がどんどん浅くなっていく。

「だから、なんで泣いてんだよ！」

投げ捨てられた言葉。そんなの、決まってる。

「瑛太が……わたしのこと、好きじゃないから……」

瑛太が息を呑んだ。

「だから、悲しい……」

好きな子には、無理やりこんなことはしない。苛立ち紛れに欲望の捌け口になんて。彼にとってさっきまでヒトとして尊重していた相手はモノになってしまったんだ。

それは言葉で言われるより残酷な、告白の返事に感じられた。

「瑛太に触られるのは嫌じゃないよ……。だけど……」

初めてこういうことをする時は、自分が好きになった人に、自分のことを好きになってくれる人に、されたかった。

「でも、それで瑛太の気がすむなら、いいよ……騙しててごめん」

結局、涙は止められなくて、わたしは泣いた。自分でやったこと、わかってて打ち明けたことなのに。

「ムカつく……」

ずっと黙って動きを止めていた瑛太がわたしの身体の上からどいた。

「俺、尚だけはそういうことする女だと思ってなかったのに」

「……ごめんなさい……」

「帰れよ」

「……」

「早く……。俺何するかわかんねえから」

「……うん」

シャツの前を合わせて逃げ出すように部屋を出た。

玄関を出る。来た時は明るい昼の色だった空が、夕方の混じった濃いオレンジに変わっていた。エアコンの効いた部屋から抜け出して浴びた夕方の陽射しは、思った以上に蒸していて暑かった。

わたしはそこでのろのろと、三つ開けられた制服のボタンを直した。

あの部屋に残っている瑛太のことを考える。

可哀想で、申し訳なくて、だけど憎らしい。

笑って許してくれるとは思わなかったけれど、やっぱり心のどこかで少しは近いものを期待していたのかもしれない。強い怒気を向けられてショックを受けていた。そして怒りよりも、彼の傷付いた目が、声が何倍もわたしを打ちのめした。

重い足を前に進めて、風景がきごちなく変わっていく。なんでも話していた兄達にも、今日は何も聞かれたくないし、言えない。

「有村さん」

声をかけられて顔を上げると瑛太のお兄さんがそこにいた。自宅への帰りなんだろう、鞄を肩から下げている。

「……どうかした？」

驚いた顔でわたしを見ている。

わたしはまたこらえきれない涙が出ていて、部屋を出たことで安心して拭ってもいなかった。返事の代わりに出たのは「ひっ」という嗚咽まじりのしゃっくりだけだった。

「あいつ、なんかやった？」

急いで目元を擦って首を横に振る。

「わ、わたしが悪いんです……騙してたから……」

お兄さんが顔色を変えた。

「騙してた？　……裏切ったってこと？」

「はい……ずっと好きだったのに……黙って騙してたから……」

「……うん？」

「でも、どうしても……好きだったんです……どうしても」

そこからしゃべれなくなった。嗚咽が苦しくて、なんとか整えようとすればするほど、心のたかぶりが収まらない。手のひらで何度か涙を拭うけれど、全然乾かない。

「有村さん、ちょっとだけ時間いいかな？」

言われて背中を押されて近くの川べりの土手に出た。

車の音の聞こえない開けた場所に出たら、自然と口からどんどん言葉が出てきた。

誰かに全部聞いて欲しかったのかもしれない。わたしは、彼とのことを最初から話した。吐き出すように、懺悔のように。事実だけを羅列した。

お兄さんは黙って聞いていて、たまに難しい顔で眉間を押さえていた。

「瑛太は俺に高校のこと、あまり話してくれなくて、最初の頃、楽しくなさそうだとは思ってたんだよな……そんなことになってたのか」

彼は少しの間黙り込んでふうっと溜め息を吐いた。

「女の子は男に比べて成長が早くてずっとませてるだろ……特にあいつは昔から甘ったれた子供だったから……辛かったろうな……」

瑛太の状況は彼を知ると、まだ子供のまま目覚めていない小学生男子が大人になりかけの女に囲まれているかのようで、噛み合わないアンバランスさを感じさせる。彼のお兄さんもそう思ったようだ。

「うん……じゃあ、ふたり、本当には付き合っては、なかったんだな」

「はい……ごめんなさい」

「うん、でも、あいつには悪いけど、有村さんのやったことは、俺はそこまで酷いことだとは思わないよ」

「そ……そうなんでしょうか……」

「最初は自分のためでも……あいつのこと……助けてやろうと思ったんだろ？」

「……」

「それに、好きなら俺だってそれくらいやるよ」

力強くはっきりという声に、彼の彼女の顔が浮かんだ。

「でもな、人はどんなことであれ騙されていたとわかった時、馬鹿にされたと感じるし、その人が親しくて気の置けない奴だと思っていればいるほど、知らない部分を見せつけられたような気持ちになって、傷付く」

「……はい」

お兄さんはわたしの落ち込みを打ち消すように優しい声で続ける。

「……けどな、瑛太はもともと人の好き嫌いが激しい奴なんだ。恵麻に対しても……何年も口をきこうとしなかったし……」

「……」

「だから俺はあいつが好きでもない人間とそんなに長い間、フリだろうがそこまで親密な付き合いをできるとは思えない」

そう言って、慰めるようにぽんと肩に手を置いた。夕方の風が吹いて前髪を散らす。頬の涙が乾いて肌に張り付くような感触があった。少しの間風に吹かれて、ぼんやりと言葉をなくす。全部話してしまったことで、空っぽになったような感覚だった。

「ただね、あいつは……怒って拗ねると……長いんだよ……」

お兄さんは少し困ったように言う。わたしはさっきから悲しい波が引いて、また押し寄せて、泣いて、泣き止んでを繰り返していて。だからまた悲しさがぶり返して、ぽろぽろと泣いた。

「すみません……」

声が消えそうになる。

「いや、いいよ。好きなだけ泣いて」

そこまで人目のつかない川べりとはいえ、泣いている女の子とふたりでいるのは外聞が良くないだろう。けれど、お兄さんはそういうことを全く気にしていない。それがものすごく優しくて、余計に泣きそうになる。

わたしは途中から近くにお兄さんがいるのも忘れて、大声で泣いた。

悲しくて瑛太が憎くて、自分がずるくて汚くて、情けなくて、それでもやっぱり好きだった。

限界まで泣いた後、ずっと黙って待っていてくれたお兄さんが口を開く。

「少しはスッキリした?」

「……はい。ごめんなさい……」

「大丈夫。きっと、時間が経てばわかるよ。あいつにも」

なんとなくそこで話は途切れて、お兄さんが立ち上がって伸びをした。また溜め息をついてから笑ってみせる。

「有村さん、実を言うと、俺はあいつが彼女を連れてくるって言った時、最初は嫌な予感がしていたんだよ」

「嫌な……」

「ろくでもないのに引っかかったりしたのかもってね……。でも、連れてきた君は真面目そうで、特別男好きなようにも、自己顕示欲が強そうにも見えなくて……何よりあいつは笑っていた。それですごく安心したんだ」

「……そう、なんですか……」

「瑛太、ガキだし……見た目と違うだろ」

「……は、い」

「それでも、あいつのこと好きになってくれて、ありがとう」

強い風が吹いて、わたしの前髪を持ち上げて、川の向こうの遠くに赤い陽が沈んでいくのが見えた。

▼蝉とバケツ、結論

どこかで蝉が鳴いているんだ。

土から早めに出た蝉がどこかで鳴いているのを朝からずっと、脳の端で認識していたけれど、耳障りなノイズにしか感じられなくて、お昼を過ぎたあたりでやっと、それが蝉だと気付いた。

　学校はいつも通り、賑やかだった。

　みんなひとりひとり、自分の生活を追っている。わたしが彼等の生活の蚊帳の外でどこか他人事なのと同じように、彼等にとってもわたしの生活は、遠い。

　だから周りが楽しそうに笑う顔が、今日は特別遠くて、なんだか霞んで見える。

　授業は淡々と進んで、教室の空気は少し蒸していた。夏が近付いている。ぼんやりしていると何種類かの先生の声が通り過ぎていく。

　気付けばお昼休みで、わたしは友達に断って校舎の周りをひとりで歩いていた。蝉はどのあたりにいるんだろう。そんなことを考えながら。

「あれ、なおちゃん？　なーおちゃん」

　正面から何故かバケツを持った冴木君が歩いてきた。中身はカラのようで、取っ手を持ってぶんぶんと振りまわしている。

　わたしの姿を見て小さく駆け寄ったのでバケツがカタカタと揺れて、音を立てる。

「……冴木君」

「どしたの？」

「うん……振られた」

「えぇっ？　嘘でしょ？　だってあいつ……」

「……本当に。全部言ったの」

そう言うと冴木君はぽかんとして黙った。

「マジかー」

やがて冴木君がややオーバーリアクションで頭を抱えてみせる。

「でも頑張ったね、なおちゃん」

冴木君がよしよしと頭を撫でてくる。振り払う元気もない。

「ていうか、さ」

「うん？」

「なおちゃん、もしかしてオレの言ったこと、気にした……？」

「……それもあるけど。たぶん限界だったんだと思う」

冴木君の言ったこと。それから瑛太の幼馴染の子のこともちろんある。けれど、それは引き金にしかすぎない。

瑛太がしているのは周りを騙すフリだけだったけれど、わたしは彼のことも騙していた。瑛太のニセ彼女をするのは楽しくて、嬉しいことが沢山あって、だから見ないようにしていたけれど、彼はわたしが恋愛感情を持っていないから仲良くしてくれているだけだ。

期待が何度も膨れ上がり、だけどそれは嘘をついているからだと思い出すことをまた繰り返す。知らず限界まで膨らんだそれが破れた、たぶんきっと、それだけのことだ。

わたしはもしかしたら、もう、振られたかったのかもしれない。嘘をつくのに、期待するのに疲れていた。どんな形にしろ楽になりたかった。でも実際に失うとやっぱり辛かった。こんな結果にならないかもと最後までどこかで期待していたんだろう。


「そっかそっかー。オレ、責任とる?」

「責任?」

「なおちゃんひとりになっちゃったし、オレと付き合う?」

「冴木君彼女いなかったっけ……」

「いるけど、責任取って別れるよ」

「話にならない」

「ベーつに彼女いなくても付き合う気ないくせにぃー」

「なんだ。わかってて聞いたんだ」

「うん。なおちゃんとオレの恋愛観は重力が違うからね。そんなに早く切り替えられないっしょ?」

「うん」


切り替えるも何も、わたしは昨日の午後からまだ時間が止まっていた。あったこと、言ってしまったこと、瑛太の気持ち、自分の気持ち、そんなものを何度も何度もなぞって、本当に言ってよかったのだろうか、考えている。結局あれ以外どうすることもできなかった気もするけれど。

「それでかー、藤倉今日、すっごい機嫌悪かったもんなー……あ、あれ」

冴木君が唐突に校舎の中を指差す。

廊下の窓のすぐ近くに、瑛太の後ろ頭があった。思わずふたりで眺める。

「ね、微動だにしないっしょ」

「……うん」

すぐそばで蝉が鳴く音がして、冴木君が近くの樹を見上げた。


校舎に戻ると廊下の窓際に瑛太がいて、不機嫌な顔でぼんやり立っていた。さっき見た時の姿勢のまま、全く動いていないんじゃないかと思えた。

女の子が近付いていって、彼に何か話しかけて、瑛太がそれに返して離れていく。想像だけど「ひとりにしてくれ」とか、そんなようなことを言ったのだろう。わたしは少し離れた廊下の端からそのさまを見た。

教室に戻るために前を通ると、瑛太がわたしを視界に入れて、何故だかびっくりしたように目を見開いた。

わたしも、一瞬だけ彼を見て、どちらも何も言わないまま、目の前を通り過ぎた。

これはきっとあの校舎裏で、彼に話しかけなかった場合の未来。

彼と笑った沢山の記憶がなければ、ずっとこうだったと錯覚してしまいそうなくらいに、本当に当たり前に感じられた。

少し違った道を辿ったけれど、結局ここに戻ってきたのかもしれない。

*

放課後に自分の席に座っているとクラスの男子が声をかけてきた。加藤君は一年の時も一緒だった。彼はよく休み時間に外に出ているうちに瑛太に椅子を占領されて文句を言っていた。

「あれ、もしかして今日藤倉一回も来なかった？　珍しい」

「うん」

もう、来ないかもしれない。でも、それをわざわざ言う気にはなれなかった。

「いやいやお疲れ。あいつと付き合うの大変でしょう」

「そうでもないよ」

「まぁ、藤倉頑張って有村見張ってるもんなー。いつもやたらナオナオ言って有村捜してるし」

「……自分の身の安全のためだよ」

「何それ」

「瑛太は女の子に必要以上に声かけられたくないんだって」

「そうなの？　俺てっきり……」

「ん？」

「あいつの周り変な女いっぱいいるし……藤倉がベッタリついてるとそういうのが有村に寄ってこれねえからかと思ってたよ」

「それは……」

考えてもみなかった。

確かに最初の幼馴染以降、過激なことをされることはなかった。

女の子達はふたり一緒にいるところを呼び出したりはしにくい。それは彼だけじゃなくてわたしも同じことで。

「てゆーか普通に考えてそっちでしょ。あいつ確かにモテるけど、最近の量だと普通に自分でかわしてんの見たし、アレはアレなりに守ろうとしてんだと思ってたよ」

「……」

「ヒトごとだと、もうちょいたくましそうな女と付き合えばいいのに……あっちもご苦労だなと思ってたけど」

「わたし……そんなに弱そう?」

「話すとそうでもないけど、華奢だから狙いやすそう」

「そんな骨折りやすそうみたいに言わないでよ……」

加藤君が笑いながら、「そーそー、そんな感じ」と頷いて自分の指の骨をポキポキ鳴らしてみせる。

「まぁ、あんだけ仲良くしてればそろそろ骨折ろうとしてくる奴もいなくなるだろ。いい加減諦めるよ」

加藤君の笑顔が、ちょっと遠く感じられる。

「あ、ほら」

彼が笑いながら扉の方を顎で指す。

「藤倉」

「えっ」

入口のところを見るとムスっとした顔の瑛太が立っていた。

なんだかぼうっとしていると、加藤君と入れ替わりでそのまま中に入ってきてわたしの目の前に立った。

瑛太の顔が見れない。どんな顔をしていいのかわからない。まっすぐ見れないいまま、しかられた後のようにうなだれたまま彼と対峙した。

やがて、怒ったような低い声だけが目の前から飛んでくる。

「あれからずっと考えていたんだけど……やっぱムカつくんだよ……」

「……うん」

「でも……」

そこで彼は言いよどんだ。小さな沈黙の合間に、顔を上げて彼の顔を見る。眉根は歪めていたけれど、そこに怒りはもうなくて、どこか困ったような決まりの悪さが浮かんでいた。

「騙されてたし、ムカつくのに……嬉しい気持ちもあったんだよ……。それで余計にムカついた……」

「……」

「尚、俺のこと好きなんだろ」

「……うん」

「違った。ずっと、好きだったんだろ」

「……そうだよ」

「じゃあ、付き合って」

瑛太の声は大きく、堂々としたもので、教室にまだ残っている周りの生徒達も喧嘩なのか逆なのかわからない様子でこちらを見ている。

「なんだよ。黙ってたらわかんねえよ。どっち？」

「……」

「だから、なんで泣くんだよ」

「……」

「尚みたいな奴に泣かれると、どうしていいかわかんないだろ。笑えよ」

「なんで……だってあんな怒ってたのに」

彼は怒ると長引く性質だと聞いている。少なくとも、こんな早くに怒りを鎮めるとは思えない。

「……本当は一ヶ月くらいムカついてシカトしてたかったんだけど……その間に取られたらシャクだったから……」

「……誰に？」

「俺以外の誰かにだよ！」

「そんなの、引っかかるわけないのに……」

「あぁ、そうか。尚は自分で好きになった相手以外は見向きもしないんだっけ。ちょっとムカついてたけど……こうなると最高だな」

瑛太はどこか自嘲気味な声で言った。

それから小さく息を吐く。

「……俺だって、尚のこと好きだったよ……。尚だけは俺に……汚れた感情を向けないで、人として付き合ってくれるって……そんな奴、好きにならないわけないだろ」

恋愛感情を汚れたものと感じてしまう彼は、本当はどこまで傷付いていたのだろう。

「でも、わたしは……」

「うん。だから本当にムカついた……裏切られたと思ったよ」

「……」

「でも……俺もそんなに変わんねえなって……思ったんだよ……勝手に理想化して……俺といない方が尚は嫌な目にあわないってわかってるのに、結局それもできなくて、人には渡したくないと思って……それを隠したまま押し付けて……それに」

瑛太はそこまで言って、困ったように眉根を寄せる。

「いつからなのかはわかんねえけど、尚の存在が自分の中で少しずつ大きくなってて……だからすっげえムカつくのに……気が付いた時はないとやってらんなくなってて……あー腹立つ……でも……」

瑛太の、でも、に続くまとまりきらない言葉は口の中に消えていって、結局出てこなかった。

「……なぁ」

瑛太が静かな声で言う。

「尚が好きだ。……俺と付き合って」

顔を上げて彼と視線が合った。

遠くのざわざわとした放課後の喧騒が耳に入りだす。

彼の顔を見た。もう見慣れた顔。だけど、やっぱり大好きな顔がそこにあった。

口を開く。

だけど、そう長い返答にはならなかった。

「うん」と言ってほんの少しだけ笑う。

瑛太は「よし」と言って笑った。

「大事にする」と付け加えて。

▼失恋と作戦勝ち

いつも通りの放課後。違うのは気持ちひとつだけ。でも、昨日までとは全然違う。

「兄貴に聞いたよ」

「あ、うん」

瑛太のお兄さんは、あの日わたしと会って話したことは彼には言わなかった。だからわたしが昨日瑛太に言って初めて知ったので、そのことを向こうからも確認したらしい。

「付き合うことになったのは、昨日俺から言ったんだけど……できたら尚の方からも、帰りにうち寄って顔見せていってよ」

「うん」

頷くと瑛太が手を取って指を絡めた。引っ張られるように教室を出る。

校内にはまだ沢山生徒が残っていた。

「尚さ、本当は人前で手繋ぐの苦手でしょ」

「え……」

「周りに人が多いとほんのちょっとだけ嫌そうな顔すんの。俺はそれを見るのが好きで……ついやっちゃう」

さすが脳内小学生男子。人が嫌がることをして喜ぶ。いい趣味だな……。

「でも、人が少ないところだと、ほんのちょっと嬉しそうにすんだよな……それもなんか良くて」

「そこまでわかってたのに、好きだとは思わなかったの？」

「……そこまではさすがにわかんねえ」

「……」

「最初の頃はさ……尚だけは違うって思ってないとやっていけなかったのもあるんだよ……そう思ってると尚の隣がすごく心地良かったから……だから余計気付けなくて……」

瑛太は言ってて思い出し怒りしたのか、不満そうな顔で突然わたしの頭を掴んでぐしゃぐしゃにしてきた。だいぶ嫌だったけど無表情で甘んじて受けた。

「尚がそんな……そんな顔で恋愛に必死で策略を巡らすような奴とは……まだ信じられねえ……」

「瑛太嫌いだもんね……そういうの……」

「まぁ、いいよ。……それでも尚だけは好きだって、思っちゃったから……後から思えばそっちのが嬉しいような気もしてきたし」

「……」

「それに、尚の作戦は他の奴らのと違って、なんか馬鹿みたいだし……」

「ば、馬鹿？」

「うん……あんな……困ってるから付き合ってるフリしようとか……馬鹿だろ！　あんなもんに引っかかるのは相当ストレスにやられた疲れた奴か……俺くらいだよ」

両方お前じゃないか。

瑛太が笑いながら、ふと向けた視線の先に冴木君がいた。

「冴木」

瑛太が小さく手を上げた。冴木君が駆け寄ってくる。

「お、機嫌直った？」

瑛太に聞いた言葉に返事とは少し違う言葉をわたしが返す。

「付き合うことになったよ」

冴木君は一度目を丸くしてから笑った。

「よかったねー！　なおちゃーん！」

そのままわたしの頭を撫でようと伸ばした手を瑛太がバシンと振り払った。

「おっ？」

冴木君が面白がって何度もやるからモグラ叩き、ハエ叩きゲームがしばらく眼前で行われた。ふたりとも途中から笑っていて楽しそうだった。男子はやっぱり幼稚だ。

「あ、なおちゃん。もし藤倉が浮気したらちゃんと教えるからさ、その時はなおちゃんもオレと浮気しようね！」

「なんなのその謎理論……」

割と本気っぽいところが怖い。瑛太もそう思ったのか発言の主の顔を、目を細めて嫌そうにしげしげと観察している。

「なおちゃん……幸せになるんだよ」

ふざけて言う彼に「冴木君も」と返す。

「オレはいつでも幸せだよー」

笑ってその場を離れる。彼は彼で、恋愛観が人より少し特殊な気もするし、その割り切りの早さには何か理由があるのかもしれない。

その何かが解消されれば、人並みになるかもしれない。それが幸せかどうかは置いておいて。だけど、そこに触れようとするには、わたしと彼の人生はそこまで交わらない。わたしは今隣り合っている人のことを見るだけで精一杯だし、無数に存在するその物語全てを覗くことはきっとできない。

*

瑛太の家は何回目だろう。他人の家に行った時にある、自宅とは違う匂いを嗅ぐと、ここに来たことを思い出す。

なんとなく部屋の方に向かおうとすると「こっち」とリビングに誘導された。それから瑛太が小さな声で言いづらそうに言う。

「この間……ごめん」

「え、この間?」

「怖かった？」と言われてなんのことか思い至る。

「怖くはないし……嫌でもなかったけど……」

「え、そうなの？」

「とにかく悲しかった」

「そっか。ごめん……でも……そっか……」

そのままブツブツ言いながら瑛太はどこかに行った。しばらくリビングで座って待っているとお兄さんを連れて戻ってきた。

「いらっしゃい」

笑顔で言われて「こんにちは」と頭を下げる。

「……付き合うことになりました」

お兄さんは「聞いたよ」と笑う。笑う顔が整い過ぎてて不思議な感じ。

「瑛太は君と出会えてよかったと思う」

「そうですか？」

そうなんだろうか。そんな風に自信を持っては、まだ思えない。

「瑛太には、普通の恋愛が向いてるんだよ。こいつはそこまで人好きでもないし……。有村さんに会わなければ、それは難しかったよ。きっとそのうちいじけて、投げやりになっていただろう」

瑛太の顔をちらりと見た。また不貞腐れたような顔で、壁を睨んでいる。怒っているというよりは、どんな顔をすればいいのかわからないのかもしれない。お兄さんはその顔を見て笑いながら続ける。

「でももし相手をコロコロ変えて遊びまわっていたら、きっと瑛太は後で傷付いたよ」

「傷付く？　瑛太が？」

逆じゃないのだろうか。女の子をもてあそんで、取っ替え引っ替えして、傷付くのは向こうのような気がする。お兄さんは頷いて言う。

「傷付く。その程度にはこいつは優しい奴だ」

「あぁ……」

わたしが彼を好きな理由が、ほんの少しわかったような気がする。

どんな人かはわからなかったけれど、沢山の女の子に好かれていても、どこか窮屈そうで、ちっとも楽しそうにしていなかった彼。それはなんでだろうって思っていた。

でも、もしかしたら、そういう彼だから興味を持ったのかもしれない。

それは彼そのものではなくて、端っこの情報でしかなかったけれど、きちんと彼自身の端っこではあった。

自分勝手で子供っぽくて、意地っ張りで潔癖で、でもどこか無邪気な明るさと誠実さを持っている、そんな彼の一部だった。

少しだけ話して、お兄さんが立ち上がった。

「瑛太、俺はこれから出かけるけど……」

「え、そうなの？」

「何嬉しそうにしてるんだ。母さんがすぐ戻ってくるらしいから、妙なこと考えない方がいいぞ」

「え、遅くなるって言ってなかった？　なんで？」

「パートのシフトを間違えたらしい」

「……知らなかった」

瑛太があからさまにガッカリした顔になった。

「瑛太……お前……」

お兄さんが呆れた声を出して瑛太が慌てて弁解する。

「そんな変なこと考えてねえよ！　ただ、ちょっと……」

「ちょっと、なんなんだ……」

お兄さん、細めた目に力がある。

「有村さん、こいつは好き嫌いが激しい分一度気に入った人間に対しては我が儘で独占欲旺盛だ。大変だと思うがよろしく頼む」

お兄さんが言うとすごく説得力がある。

「それから大丈夫とは思うがこの先万が一、こいつが浮気するようなことがあったら遠慮なく言ってくれ。俺が殴る」

「……俺ふっつーにこわいんだけど……」

瑛太がおののいた表情で呟いた。わたしに向き直る。

「したらさ、尚んち行かない？」

「え、うち？」

「兄ちゃん達いる？」

「うん。陽兄が……あれ、優兄の方かな……最近バイトが不規則で。どっちかはいると思う」

「そっち行こう……うちにいても母親がうるさいだけだ。尚の兄ちゃんと会える方がいい」

「じゃあ行こう」

学校のある駅を挟んで一駅。そこそこあるのでわざわざ移動することもないんじゃないかと少し思ったけれど、遅くなってきたし、帰る時間の心配がないのはいい。そう思ってふっと気付く。

「移動するの、遅くなった時……わたしが帰る時間の心配がないから？」

「……ああ、うん。駅までは送れるけど、家までってわけでもないしな」

もしかしたら今までわたしは、彼の、『幼さ』に隠れてしまいがちなわかりにくい小さな優しさを、いくつも見逃していたかもしれない。

＊

家に入って靴を確認するとふたりともいた。最近はこの時間は片方いないことが多かったので珍しい。

居間に入って瑛太が「こんにちは」と挨拶を投げる。

「おう……藤倉か」

振り返った陽兄ちゃんを見てぎょっとする。

陽兄の顔はところどころ腫れて、色が変わっていたりするところもあって、無残なありさまだった。

「陽兄、どうしたのその顔」

台所の方から優兄が濡れたタオルを持って出てきてそれに答える。

「こいつ、今日例の、好きな子の彼氏とやり合ったんだよ」

「えぇー、やり合ったって……」

「でも、向こうの方が強くて結局ボコボコにされたんだって……」

「陽兄、気を付けて。自分より強そうな相手にはちゃんと武器《エモノ》を持って……」

「捕まるわ阿呆」

どうも陽兄の好きな子の彼氏が浮気していたのが発覚して、陽兄が先に殴ったらしい。というか、そもそも疑惑があって陽兄に相談をしていたことが、今日動かぬ証拠が出て陽兄がキレた。

「陽兄、かっこいいね」

「この顔見てよく言えるね……」

「顔とかじゃないよ」

「尚みたいな面食いに言われてもなー……」

優兄が気が付いたように瑛太に視線をやって「いらっしゃい」と言う。

なんとなくみんなで陽兄を中央に囲んで座っていた。陽兄が頭を掻いて言う。

「余計なことすんなって、向こう怒ってたから……まぁ、振られるだろうけど……俺は満足した」

「いいじゃん。だって陽兄はそもそも彼氏持ちに靡《なび》かれたら冷めちゃうジレンマがあるでしょ」

「何それ」

瑛太が聞くので、陽兄の一途好きとそれにまつわるジレンマについて説明する。

「陽さん一途な子が好きなの？」

「おう」

「じゃあそんな女やめといた方がいい」

瑛太が言い切って、兄妹揃って彼を見た。

「彼氏がいるのにその相談を独り身の男にしようなんて、寂しくてどっかチヤホヤされたい女の思考だから、別に一途でもなんでもない。乗り換え先を探してたのかも」

う、うわあ……すごい女性不信思考……。

「でも大学のことはわからないけど、友達だと、機会があったら相談することもあるんじゃない？」

「恋愛経験豊富な優さんに相談するならまだしも……陽さんだろ……俺はなんか邪悪なものを感じる。だいたい相談してたからそうなったのに、余計なことすんなって怒るのもムカつく」

優兄がそれを聞いて可笑しそうに笑った。

陽兄はどこかぶすったれた顔で言う。

「俺は浮気野郎を一発殴れたから……もういいんだよ……」

殴られ損でしかないのに。やっぱり、不器用で格好悪いけど、すごく格好良いと思う。

瑛太がふっと気付いたように言う。

「……とりあえず、俺が浮気した時は兄貴だけじゃなくて、陽さんにも殴られるのは確実なわけだ……」

「殴るよ……。殴り返すのはよせよ……ていうか浮気なんてすんなよ」

陽兄がジトっとした目で言う。

「俺尚に泣かれると駄目なんで……しないです」

「んんん？　藤倉、その言葉だと……既に一度泣き顔を見てるみてえだが？　キサマ……」

陽兄ちゃん、変なとこは鋭い。

「ん？　あれ、そういえば……あれ、ふたりそうなったの？」

あれとかそればかりで要領を得ない優兄の質問に瑛太は深く頷いた。

「お互い『ニセ』がとれました」

「だろうと思ったよ……」

陽兄はあまり驚いていなくて、優兄は少し驚いて、笑って喜んでくれた。

「尚、よかったね」

「うん……ありがとう」

優兄が笑顔で付け加える。

「藤倉君、浮気したらおれも殴るけど」

「……やめてください」

「でも、藤倉君そろそろ身体ができあがってきちゃったからなぁ……うちの家系と比べると上背もあるし筋肉質だよね……。なんだっけ、尚、自分より強そうな相手には……武器」

「しませんから……やめて」

「藤倉君は、尚のどこが気に入ったの？」

優兄が瑛太に向かって言うと、彼は口元に手をやって少し考えた。

「んー、俺、前の状況にウンザリしてたのはあるんですけど……そもそも向こうからガツガツ来られるのが好きじゃないみたいで……」

「え、何それ？」

なんか前ちょっと言ってたのとまた違うじゃないか。

「どっちかって言うと、こっちからガツガツいきたいし、構い倒して困らせたいタイプみたいなんです。……まぁ、最近知ったんですけど」

「そ……そうなんだ」

ふと見ると兄達が顔を見合わせている。

「な、なんすか」

「藤倉……それ尚を好きになる奴の典型的なタイプだぞ……さてはお前、尚が好きだろ！」

「だから好きって言ってるじゃないですか！　ていうかなんすかそれ！　典型って！」

「尚を好きになるの、お前みたいな奴ばっかだから気を付けろよ」

「……嫌だなぁ……。心当たりがあるからなおさら嫌だ……」

優兄が笑って言う。

「その人達は尚のちょっとそっけないとこがまたいいらしくて……それは尚の方に好意がないからかと思ってたんだけど……尚、藤倉君にもそんなだったの？」

瑛太がもの言いたげに目を細めてわたしを見る。

元々感情がわかりづらく、受け身で、行動しないタイプではあるけれど、瑛太に関しては若干の事情があった。騙していて、隠す必要もあったからだ。

陽兄がくくっと笑った。

「なんだかんだで尚の作戦勝ちなんだろ」

「作戦……勝ち……」

恐る恐る瑛太を見ると、「そうだな」と言って笑った。

「でも俺、ニセ彼女作戦、尚じゃなきゃ乗らなかったんじゃないかな」

「え、なんで」

「尚が全く俺のこと好きじゃなさそうだったから」

「ああ、うん」

「と思ってたんだけど」

「え」

「好みだったんじゃないかな。俺の」

「好みのタイプ……わかんないとか言ってなかった?」

そう言うと彼は兄達をじっとりした目で見つめて言った。

「俺も今知った」

▼エピローグ　心臓だけがうるさい放課後

放課後の学校の音がする。

遠くで誰かの声が響く廊下。笑い声。足音。

誰かが忘れたスマホが、夕陽のあたる机の上にぽつんとあって持ち主の帰りを待っている。それから汚れた運動靴が下駄箱の上に置いてある。

好きな人の足音は、もうわかる気がする。

普通よりほんの少し早い。近付いて、扉の開く音。

「おまたせ」

「うん。帰ろう」

「俺が来るまでに、変な男とか来なかった？」

「変な男？」

「冴木みたいな猥褻でいやらしい思考の男だよ！」

「く……来るわけないじゃない」

瑛太じゃあるまいし、そこまでモテない。ましてあそこまで軽くて猥褻でいやらしい思考の人はそういない。

「来るわけないって……いるだろ。尚を好きな奴、妙にガツガツした奴が多いからわかりやすいんだよ。前、しつこい先輩なんて嘘だって言ってたけど……あの眼鏡も割と本気で尚のこと気に入ってただろ」

「……あの人割とグイグイ来るけど相手の気持ちを考えられる人だよ」

「……まぁそれはいいや。変な女も来なかったよな？」

「来なかったよ」

教室を出て、廊下を歩く。窓から四角い太陽の影。

「心配してくれるのは嬉しいんだけど……わたし、そこまで骨折りやすくもないと思うんだよね」

「……何それ」

「ニセ彼女をやってる間に鍛えられたんだよ。たぶん今、学校内で一番上手く瑛太の本物彼女をやれるのはわたしだよ……」

「……そりゃ、そうだろうけど……なんかおかしくない？　それ」

もしかしたらいきなりじゃ無理だったかもしれない。ニセ彼女で練習できてよかった。そんなことを言うと彼は笑った。

瑛太と一緒に夕方の陽が射す昇降口を出る。

夏がもう、すぐ近くまで来ていた。

「瑛太はわたしのこと……一応、好きだったんだよね？」

「うん。一応でもなく」

「でも、わたしが瑛太のこと好きじゃないと思ってたんだよね。それは悲しくなかったの？」

「嬉しかったよ」

「じゃあ、瑛太は『自分のことが好きじゃないわたし』が好きだったの？」

「うん……まぁ、そうなるかな」

「失恋とは思わなかったの？」

「別に……俺が独り占めしてたし……尚に他に好きな奴がいたわけじゃないしな」

「できてたら？」

その質問に彼は眉根をぐっと歪めた。

「……結局……なんとかして渡さなかったと思うよ……」

「メンタルが歪み過ぎてていまいち掴み取れない」

「いーよ。あんま知られたくない……」

少し不貞腐れたように言う。

「駄目だって思っても……無理に気持ちぶつけたくなることも……あるんだって……そういうの、今は少しわかるから……だから俺も同類なんだって」

純粋さを失った彼は、以前よりほんの少し大人に感じられる。わたしはそれに安心している。以前の彼は見ていてもまっすぐで、傷付きやすく感じられた。それは裏を返せば簡単に折れて、間違った方向にも止められずに進んでしまいそうな危うさでもあった。

「わたし、校舎って好きなんだ」

「校舎フェチ?」

「うん。それでたまに、無意味にぐるっとまわってから帰ったりするんだけど」

「へぇ」

「瑛太がゲロ吐いてた日も、それで散歩してたの」

「そうかー……そしたら、俺も好きになりそう……」

ふたりで無意味に校舎を見上げる。

無機質で変哲のない学校の壁があった。

しばらく眺めて校舎裏にまわる。ふたりの思い出のゲロの場所まで来た。当たり前だけど、跡形もない。

「このあたりだよね……瑛太、勢い良く吐いてたなぁ……」

「尚……なんか素敵な思い出みたいな言い方してるけど……」

「あれ、ちゃんと土とか、かけたっけ」

「どうだったかな……もう覚えてないよ……」

「瑛太、なんか素敵な思い出みたいに言ってるけど……」

ゲロだからな。

しばらくふたりで地面を見ていたけれど、瑛太がまた思い出したかのようにこちらを睨みつける。

「なぁ、ずっと騙してたんだからちゃんと俺の言うこと聞けよ」

また子供みたいなことを……。

「尚！　……聞かないの？　聞くの？」

「……聞くよ。なんでも」

「うん……じゃあ、とりあえず……なんか愛情表現してみて。尚はわかりにくすぎ」

「え……何も思いつかないな」

「これだから尚は……。そんなんじゃ前と変わらないだろ」

「うーん……あ、」

「なんか思いついた？」

「うん……」

校舎の壁を背にした瑛太の前にそろそろと立った。

「瑛太、目、閉じて」

「え……うん……」

「なに薄目開けてんの。ちゃんと閉じて」

ちょっと背伸びをして、今回はきちんと目測をはかる。よし、いけそうだ。

「いくよ」

うわ。顔、近い。なんでこんな整ってんの。

一瞬の躊躇《ちゅうちょ》が生まれる。

でもこういうのは、勢いが大事。目をつぶってしまえば顔は見えない。勢いでそのままいく。

「ぐがッ！」

わたしは勢いあまって瑛太の顎に頭突きした。

「なんとなく……こうなると思ったんだよ……」

「ご、ごめん……」

しばらくふたりで顎と頭を押さえてプルプル震えた。

「まぁ、何しようとしたかはわかった。もういい。俺がやる」

瑛太が身を屈めてわたしの肩に片手を置いた。

「え、もう一回わたしにやらせてよ」

「前科持ちが何言ってんだよ……」

瑛太は「でも……」と言いかけたわたしの唇に自分のそれを付けて塞いだ。

風が吹いて、どこかで空き缶が転がるような音が聞こえた。それが止まって、急に静かになる。心臓だけがうるさい放課後。

柔らかな感触が離れて、温度が遠ざかる。

「瑛太……」

「なに」

「わたし……く、口にしようとしたわけじゃ……ないんだけど……」

「え、じゃあやっぱ顎に頭突きキメようとしてたの……」

「そういうわけじゃ……ない、けど」

「尚がむちゃくちゃ赤い……」

「……」

「初めて見るレベルで耳まで赤い」

「うるさい。さすがに顔色までは調整できないし」

「ほっぺ触ってみていい？　熱そう」

「余計戻らないからやめて」

自分の手のひらを頬にあてるけれど、手のひらも熱くて、あまり効果はなかった。

「帰ろ」

「うん……」

微妙に無口になった瑛太と校門を出た。

「ねえ、話戻るけど……『自分のこと好きじゃないわたし』が好きだったなら、わたしは瑛太のこと好きじゃない方がいいの？」

「え、嫌だよ。それはきっかけなだけで、俺もう今は……尚にちゃんと好かれてたいし……」

「そう……よかった」

「よくない！　ていうか尚の好きは全然伝わってこないし、足りないくらいだから！」

「……うん」

「もうちょっと頑張って」

「はい」

そうだ。もう自分の気持ちを隠さなくていいんだ。

それで、嘘をついたり、騙したりすることもなく、気持ちを返してもらえる。だから、大事にしたい。

「わかった……」

わたしは大きく息を吸う。

それから怒ったアメリカザリガニみたいな格好をして、少し前を歩く彼に抱きついた。

瑛太がちょっとびっくりして振り向いた。でも、背中に頭を埋めてなんとか顔は見せなかった。

瑛太がわたしに抱きつかれて前を向いたまま、焦ったように早口で言う。

「俺、かずくんじゃねえからな！」

「わ、わかってるよ……」

そしてわたしは勢い良く……もなく、小さな声で言った。

「エ、エイタガスキ……」

「ちっさいクワガタ出てきてる！」


【了】

▼エイタガスキの花粉

ニセ彼女は本物彼女になった。

けれど、周りからしたら元々、とても偽物くさい本物でしかない。

「有村さんて、本当に藤倉のこと好きなの？」

久しぶりにぶつけられたその質問にどこか懐かしさすら感じて頷く。

「……うん」

放課後に瑛太を待っている自分の教室で、見知らぬ女子生徒に絡まれた。目の前にいるのは他クラスの子で、わたしは覚えのない顔だけれど、向こうは知り合いくらいの温度で話しかけてきている。

「前嘘だって噂があったんだよねえ。カモフラージュの彼女だって。藤倉の女除けとかって」

「それはないよ。本当」

顔をじっと覗き込まれて首をひねられる。

「有村さんポーカーフェイス過ぎて読めんね」

瑛太が「本当だよ」と割って入ってきた。わたしの顔を見て続きを促すような顔をしてくるので追加で肯定する。

「あー、うん、そう。瑛太が……わたし本当に瑛太と付き合ってるから……」

我ながら妙に演技がかっているというか、逆に嘘くさい感じになった。以前はともかく、今は真実なのに。カモフラージュの演技のお手本みたいになってしまった。

彼女は、うーん、と言ってわたしと瑛太を見比べた。あまり信じてもらえてない感じがした。

その視線から逃れるように、ふたりでそそくさと廊下に出て瑛太を見ると不機嫌そうな顔で睨まれた。

「なんだよ今の！　学芸会以下だったぞ」

自覚があったので素直に「ごめん」と謝ったけれど、瑛太のぶすったれた顔は戻らなかった。

「ヒノキ科スギ亜目。寿命は一年くらい」

「何言ってるの？」

「尚の発声するへにょへにょのエイタガスギの解説だよ……絶滅危惧種。台風でポキポキ折れる」

エイタガスキ…エイタガ杉……。

どうやらわたしが告白するときの口調とクオリティを言ってるらしい。あれ、新種のクワガタじゃなかったっけ。一瞬そう思ったけれど、そもそもクワガタでもなんでもない。クワガタでないのだから、ある日突然杉の木になっていてもおかしくない。

「なんだかわかんないけど、寿命短過ぎない？」

「そう！　あまりに儚い品種なんだよ！　エイタガスギ！」

「はあ」

「尚にはもう少し寿命を伸ばしてもらいたい」

「は、はぁ？」

「目指すは七千年越えだよ！　さあ、言え！」

よくわからないけど、とりあえずまた、ウザい感じに愛を要求されているのはわかる。

「あー、えいたが、すき……」

「ショボい！」

嘆かれた。

好きにショボいも豪勢もないだろう。ちょっと勢いをつけて大声で言ってみる。

「エッ、エイタガスキ！」

「強そうだけど可愛くない！」

「うぅ、エイタガスキエイタガスキ」

「連呼すればいいってもんじゃない！」

なんじゃなかろうか。

「瑛太、ガ、好き」

「ロボット誕生。リテイク」

無駄に厳しい……。彼氏に好きの発声に駄目出しをくらってる彼女もわたしくらい

無駄に息をきらせていると情けない溜め息を吐かれて顔を覗き込まれる。

「尚、こういうのは基礎練習が大事なんだ。エクレアが好き、はい言って」

「エクレアが、好き」

「なんでエクレアが好きの方が可愛いんだよ！」

「え、そう？」

「尚はエクレアと俺どっちが好きなんだよ！」

エクレアに張り合いだした。

「僅差で瑛太かな」

せっかく選んだというのに瑛太が「キンサ！」と言って頭を抱えた。

「なんだよ……もう俺がエクレアになればいいのか？」

「ちょっと待って。困る」

「困ってんのは俺だよ……」

いや、彼氏がエクレアに転生したらわたしの方が絶対困るだろう。

耳に口を近付けて簡素に二文字で愛を伝えると、真顔でこちらを見た。

「……うん、まぁ」

「エクレア超えした？」

瑛太は質問には答えず、口元を緩ませて床に置いていた鞄を手に取った。

「阿呆なことやってないで帰ろうぜ」

阿呆はお前だと思ったけれど、とりあえずの機嫌は直った。寿命もたぶん、伸びただろう。

「あれ？　瑛太は？」

「ん？　何が？」

「よく考えたらずるくない？　わたしばっかり練習させてさ」

「俺は尚ほどわかりにくくないからいいんだよ」

「それはいけない。不公平。瑛太もやって。はい、基礎練習から。まず玉子焼きが好きって言って」

瑛太は少し面倒そうに「……玉子焼きが好き」と言った。

「あまり好きそうじゃないな……いらないの？　たぶん明日のお弁当に入ってるんだけど」

「えっ、頼む。好き！　大好き！　玉子焼き愛してる。ずっと一緒にいたい」

愛してるは言われたことないぞ。

玉子焼きにほのかな嫉妬心を燃やしながら催促する。

「じゃあ尚が好き、言ってみて」

瑛太が口を開いたので「ちょっと待って」と一旦止めて、あたりをきょろきょろ見まわした。

「はい、どうぞ」

「ナ、ナオガスキ……」

寿命三時間。瑛太もその樹の貧弱さにすぐに気付いたらしく、しまったという顔をした。

「尚のが感染ったんだよ！　ちょっと待て」

おほん、と咳払いをしてわたしの顔を見つめて無駄に赤くなった。

「尚……がスキダ」

「瑛太……」

「いや、待て！　なんか急に言えなくなったぞ！　尚のエイタガスキの花粉が俺にまで……！」

「瑛太までこれじゃ……もう誰も信じてくれないかもしれないね。そうしたらまた前みたいに逆戻りだ」

「怖いこと言うな！　俺は言える子だ！」

間の悪いことにその時先ほど話しかけてきた子が教室から出てきた。ずっと教室にいたらしい。目の前の廊下でこんなやりとりをしていたのは丸聞こえだったかもしれない。

彼女はわたしと瑛太を生温かい目で見て、通り過ぎていった。ふたりで顔を見合わせて、大失敗してしまったと反省しながら昇降口を出た。

「まずいな」

「うん。もう終わりかも……」

「尚……見捨てないでくれよな……」

「ど、どうだろう……」

「逃げんなよ……」

言い方を変えてきた。


翌日の朝、隣のクラスの前を通ると昨日の子がクラスメイト相手に話している声が耳に入る。

「見てたらむちゃくちゃイチャついてたから、本当だと思うよ」

▼ゴミ捨て場の熱烈

夏休みの明け方に目が覚めてわたしは洗面所にいた。

洗面所は篭ったような熱気で、おでこにじんわり汗をかく。もう眠れなそうだと諦めて顔を洗い歯を磨いていた。歯ブラシを口に突っ込んでぼんやりと、しゃこしゃこ動かす。

脳裏に無作為に浮かんでいる風景。教室でクラスメイトとかわした会話や、先生の背中、誰かが手首に巻いてたブレスレット。机の上に付いてる傷。窓に切り取られた空。そんなものの切れっ端が浮かんでは消える。先生は何故か小学校の頃の担任で、教室の会話だって特別なものではない。そんなものを視界の端で見るともなく眺めていると時間感覚がほんの少しおかしくなる。ごく短い時間なのに、ずいぶんと長くこうしているような気がする。

いろんな人の顔が浮かび横切る中、ある人物の顔が浮かんだ時に心臓が思い出したようにばくんと揺れた。

頬が熱くなった。

その人とは昼過ぎから会う予定だった。まだ数時間ある。口の中に含んだ水をぶくぶくとやって吐き出して、息を吐く。

玄関の外に出る。まだ動きだす前の街は車も人もあまり通っていなくて、静かだった。気温が上がる前の清々しい夏の朝。

部屋に戻って簡単に身支度を整え、近所を軽く散歩をするつもりでまた外に出た。時折犬の散歩の人とすれ違ったりして、それを振り向いてぼんやり眺めたりしながら歩く。旅行鞄を持った家族連れ。どこに行くのだろう。

そのうちぼんやり歩くことに集中してしまって、駅を越えて、歩き続ける。家からはだいぶ離れていた。

気がつくといつも、息継ぎのように考えてしまう人がいる。いろんな思考を経由しても必ず戻ってくる終着点のような人。

その人を初めて見た時のことを思い出す。それから、校舎裏で初めてかわした会話。笑った顔。拗ねた表情。ふとした時の仕草。指の形。後ろ姿。反芻する甘い思い出。悲しい記憶。

ふっと顔を上げると青い空の下、風に樹々がガサガサそよいでいた。

気付けば学校のある駅も越えていた。少しずつ陽が高くなってくる。特に目指す場所は決めていなかったけれど川沿いを歩いて、自然と彼の住む街の方へ近付いていた。

駅の近くまできて電話をかけてみた。出ない。まだ朝早いから、部屋で眠っているのかもしれない。わたしが知るあの部屋で眠る彼を想像する。

戻ろうかなと思うけれど、まだ歩き足りないような気持ちであと少しと歩く。

そうこうしているうちに彼の家の前まで来てしまった。だいぶ危ない人だ。けれど、ここまで来て戻ると逆に危なさ倍増な気がしてまたスマホを取り出す。

画面に名前を表示させた時、玄関の扉が開いて片手にゴミ袋を持った彼が出てきた。

まだ寝癖の残る頭で扉の奥に向かって「もうないよねー？」と大声で確認している。小さな声で「二度手間だよ……」とブツブツ言っている。そしてこちらを見て動きを止めた。

「尚？」

お化けでも見たような不思議な顔で言われる。小さく手を振ると、そのままの顔で、ゴミ袋を持っていないほうの手を振り返された。

「どこ行くの？」

「ゴミ捨て場だけど……」

「一緒に行っていい？」

「うん」

瑛太がゴミ袋を持って歩く後ろについてゴミ捨て場に向かう。無事に袋を置いた彼が振り向いて言う。

「……何してんの」

「朝から会いたくなった」

そう言うと彼はこちらをじっと見て眉根を寄せて首をひねった。

「……とてもそうは思えない顔だけど、来たってことは本当にそうなんだろうな……」

まさかそこを疑われるとは思わなかった。

「朝から押しかけてきたりして怖くない？」

「何が？」

「瑛太熱烈なの苦手でしょ」

彼はますます眉間に皺を寄せた。

「ねつれつぅ〜？　尚のどこがぁ？　足りないくらいだろ。むしろ『熱烈』の反語が『尚』だろ」

不満そうな顔で頰を引っ張られて言われる。散歩ついでの距離を超えているので自分ではちょっと気持ち悪いかなと思ったんだけど、この気持ち悪さが全く伝わっていないようで、ストーカー彼女としては困惑した。

「熱烈を名乗りたいなら二日にいっぺんくらいやれよ」

「別に名乗りたくはない」

「うっわ！　そういうとこだよ！」

瑛太が大袈裟に顔を歪める。

「夏休み前にも教室出てる間に勝手に鞄触られたとか言って騒いでたじゃん……家の前に朝から押しかけるとか相当だと思うよ」

「それと一緒にすんなよ！　尚は彼女だろうが！」

「彼女だとしても、結構熱烈だと思うけど……もしかして瑛太って鈍いの？」

「違う！　俺は貪欲なだけだよ！」

そうかよ。

「一度くらい熱烈な尚を見てみたい」

「えっと、じゃあ、せっかく朝から来たし」

「うん？」

「キスする」

「え、ここで？」

「ここはちょっと……」

ゴミ捨て場だし。向こうからゴミ袋持ったお婆さん来てるし。瑛太に連れられて近くの児童館に入った。建物の裏手に入り、彼が頷いた。大きな樹が近くにあって、蝉がわしゃわしゃうるさい。

「ええと、じゃあ、瑛太、目をつぶって」

「尚がすんの？」

「うん」

「やだ！　尚に任せるとろくなことがない！　それ関係は俺が仕切る！」

「わたしは熱烈なんだよ……一回くらい成功させたい。お願い」

頼んでみるとしぶしぶといった顔で溜め息を吐いた。

「そう？　じゃあ気を付けろよ」

「うん」

「よし来い」

「……瑛太、顎をガードするのやめてもらえるかな……」

どちらかというと殴られる寸前みたいな顔をしている。よほど心配なのか薄目で「本当に大丈夫？」と確認してくる。そこまで迂闊じゃない。そう何回も頭突きしない。あれはわたしだって痛いのだ。

「普通にしてて」

「こわい」

「優しくするから」

「こわい！」

「じゃあもういいや。諦める」

「熱烈どこにいったんだよ！」

してもしなくても不満とか、イヤイヤ期か。

しばらく無駄な緊張感のもと睨み合う。

「ちゃんと目つぶって。熱烈するから」

もう一度要求すると、少し嫌そうにしていたけれど、素直にしたがった。

そおっと顔を近付けて頬に唇をつけた。

大成功。顎に頭突きもしなかった。満足して顔を離す。

目を開けた瑛太がきょとんとしてわたしの顔を見つめる。

「え？　……まさか、今ので終わり？」

「うん」

「え、えぇぇー」

瑛太がえらく落胆した声を出した後、長い溜め息を吐いた。

「あー期待して損した……。尚の熱烈ってなんなんだよ……」

期待はずれだったらしい。せっかくしたのに。そう思って見ると、瑛太が自分の頬に小さく触れて、照れたように笑った。

公園に子供達が数人入ってくる気配があった。笑い声も聞こえる。

「まぁいいや、まだ一日は長いし……この先も長いし。暑くなってきた。家戻ろう。そんで朝飯でもどこかに食いにいこう」

「そうだね」

熱烈も、これからいくらでも。

▼花火と浴衣

沢山の人が目の前を通り過ぎていく。あたりはどんどん暗くなっていっていた。人の騒めきと、どこか浮かれた空気が辺りに満ちている。

今日は河川敷の花火大会。

わたしは浴衣を着て、彼を待っていた。

手に持った、スマホと財布だけでもういっぱいの小さな巾着から携帯を出してメッセージをうつ。

「もう着いたよ」の言葉に「はやい！」とどこか怒ったような返信がついた。

「浴衣着てる？」

「着てるよ」と返せば「すぐいく」とカケラみたいな言葉が返された。

しばらくして、そちらだと思って見ていた方向とは反対の背後から声がかかる。

「尚」

長身で、見栄えのする端正な顔立ちの男がそこにいた。走ってきたのか、少し息が切れている。藤倉瑛太。わたしの待ち合わせていた相手だ。

「ゆかた！」

「はい……」

少し面倒だなと思っていたけれど、しつこく言われて仕方なく着た。感想は「ゆかた」の三文字のみであった。だいたい予想通りだった。

「浴衣なのに早く着くなよ！」

関係性がわからない……。

何故か怒られたあとに手を繋がれて、そのまま歩く。

「瑛太は着ないの？」

「え、なにが」

「浴衣」

「俺、男で張り切ってあんなん着てる奴、好きじゃねえ」

周りを見まわす。何人か浴衣の男性もいたけれど、女性に比べると格段に少ない。

「あ、あれ、あそこ。瑛太のお兄さんじゃない？」

「え、あ、本当だ兄貴だ」

彼の大好きな兄は浴衣をバッチリ着用していた。その隣に彼女の恵麻さんがはにかんで立っていた。目立つカップルだ。

恵麻さんも浴衣を着ていた。超人的に可愛い。見ただけで眩しくてぶっ倒れそうなくらい可愛い。わたしの着てるものと同じ浴衣という種類の衣類とは思えない。

「有村さん」

お兄さんがこちらに気付いて片手を上げて、恵麻さんが頭を小さく下げた。

「久しぶりだね。尚ちゃん」

恵麻さんが笑いかけてくる。悪気なく「浴衣、可愛いね」と言われても、嫌味に聞こえそうになるくらいには可愛い。気が遠くなった。

「有村さん、どうかした？」

劣等感と謎の焦燥感で消えたくなってしどろもどろになっているところ、瑛太のお兄さんが声をかけてくれる。

「えっ、恵麻すんが可愛くて」

動揺で噛んだ。

「ありがとう。尚ちゃんもすっごく似合ってる」

恵麻さんはうふふと楽しそうに笑って、お兄さんの顔を見た。絡み合う視線の安定感が半端ない。この人達はいつも目線だけでイチャイチャしてくる。見てるだけで恥ずかしい。

「瑛太、かき氷買おう」

「え、うん」

挨拶して急ぎ足でその場をあとにした。できることならかき氷を頭からかぶってキンキンに冷やしたい。

「そんなに可愛い？」

「え？」

「兄貴の彼女。俺よくわかんねーんだけど……」

「そりゃ瑛太にはかつての恋敵だもんね」

「いや……そういうの抜いても……」

「逆に聞くけどどこが可愛くないの？　目と鼻と口と輪郭と、可愛くないパーツゼロだよね」

「パーツが可愛くないとは思わないけど……そういう表面じゃなくて、たとえば、こう……」

「うん」

「表情が豊かすぎない？」

「それいいことじゃん」

「え、そうか。じゃあ、なんだろ……ほら、あの人手繋いでも嫌そうにしなそうじゃん」

「それの何が駄目なの」

「……あー、なんか何言っても明るく返しそう……」

それは普通は褒め言葉だ。言ってて彼も気付いたらしく首をひねって、少し笑った。

「尚っぽさがない」

「……」

「尚じゃない」

「……うん」

わたしがもし彼のどこを好きになったか聞かれたなら。

それはおそらく顔だ。一目惚れしておいて顔じゃないというのは嘘になる。けれど、顔だけじゃないというのは自信を持って言える。

瑛太はスマートにも気障にもなりきれない子供っぽい愛情表現をする。

わたしは彼のそんなところ、瑛太っぽさが何より好きだと思う。

「花火も終わったし、今日はもう帰ろう……」

「え、ちょっと待て、手離すな」

「なんで。暑い」

「浴衣着てるから！」

「そういうことでなくて！　暑いものは暑いの」

「うん？」

「可愛いから……危ない」

「……」

そう言われたら、黙って手を繋いで歩くしかなくなった。

▼夏空、遠い街

瑛太と日帰りで旅行に来ていた。陽兄ちゃんの運転で。

というと少し語弊がある。正確にはつい最近正式に失恋した陽兄ちゃんが夏休み半ばに突然「緑の多い場所に行ってくる……」と言い出したので心配になってついてきたのだ。

「なんで俺の失恋旅行にバカップル乗せていかなきゃならないんだよ……」

「だって……陽兄が大きな山のあるところに行くって言うから……」

瑛太の顔を見て言うと、頷いて言葉を継ぐ。

「大きな山って言ったら富士山だよな……」

「富士山……樹海……」

「縁起でもねえ想像すんな！　だいたい、失恋くらいで死んでたら俺はもう何十回も死んでるわ！」

「そんなに死んでたの？　陽兄、もうゾンビじゃん」

「俺失恋したことないからわかんないんすけど、そんなに辛いの？」

「……尚、今この場で味わわせてやれ」

「この場の全員が失恋するけど……」

「いいじゃねえか！　お前らもゾンビになればいい！　それでこそ傷心旅行だ！」

「断ります」

瑛太が勝手に断った。

というわけで陽兄ちゃんの生存を見守るためなので、目的地も決めているのかよくわからない。ある意味ミステリーツアーとなっていた。

ふたり揃って後部座席に乗ってしまったのに料金の支払いや水分補給なども、慣れているのかひとりでなんなくやれているのがまた物悲しい。

「陽さんなんか音楽かけないの？」

「俺の『失恋した時に聴く曲リスト』でいいならかけるぞ」

「やっぱいい……」

「リストにするほど使用頻度高いの？」

「曲が年々増えていってるよ……」

「やっぱいい。無音最高」

陽兄の失恋車は住んでいる街を抜け、知らない道を走り抜け、高速道路を走り、サービスエリアに入った。

すっかり寝入っていた瑛太を起こしてみんなで外に出る。

「瑛太、あれ。ソフトクリーム食べよう」

「食おう食おう」

「おい、俺の傷心旅行なんだから、もっとしんみりしろよ。気分壊れるだろ」

気分が壊れるとか言ってるうちは大丈夫だろう。

「陽さん、何味食べる？」

「ったく、やめてくれよ……巨峰がいい」

ソフトクリームはちゃっかり食べる傷心旅行。瑛太と一緒に買いにいって渡すと辛気臭い顔でぺろぺろ食べていた。そんな顔で食べられたら巨峰ソフトも残念だろう。

車に戻ると正午を過ぎていて、お腹が減ってきた。発進した車は相変わらず退屈な高速道路を進む。

「お腹減った」

「俺も……」

「陽兄、お腹減った」

「傷心旅行だって言ってんだろ」

傷心と空腹の関係性がよくわからない。お腹が減ると余計悲しくならないだろうか。

瑛太が「蕎麦、ほらここ」と周辺を検索してスマホを見せてくる。

「ここいいね。陽兄、降りた先に美味しそうなお蕎麦屋さんあるよ」

「……」

「採れたての山菜の天ぷらとかがついてるんだって……」

「……」

「陽さん！」

「陽兄」

「腹減った！」

「減った減った」

「お前ら！　うるせぇぇぇぇぇぇ！」

傷心のはずの運転手が大声で叫んだ。

「だーかーらー！　そういうんじゃねえんだっての！　お前らついてきたいならもっとしんみりしてろっての！　完全に引率の保護者じゃねえか！　気分ぶち壊しだわ！」

「そんなこと言っても腹は減るし」

陽兄が忌々しい感じに舌打ちをしたけれど、続いて彼の腹からぐぐうと空腹音が聞こえた。

「まぁ……飯は食うか。そこでいい。藤倉、ナビしろ」

「やったあ」

「陽さん優しいなー……なんでモテないんだろ」

瑛太が余計な一言を付け加える。でも確かに、そこまで破滅的にモテない容姿でも性格でもない気がするんだけど。やっぱり相手のセレクトに問題があるのかもしれない。

お蕎麦屋さんは高速道路を降りて少し走った先にあった。小さな民芸品店みたいな風貌で、わたしと瑛太のテンションは上がったけれど、陽兄の表情は変わらずお通夜だった。ここまでくると悲しみに酔っているというか、浸っているだけの気がしてくる。

「俺、山菜蕎麦！　尚は？」

「うーん、どうしようかな。天ぷら定食も美味しそう」

陽兄が死んだ目で「蕎麦」とのたまって、プレーンを選択した。

「陽兄、ほら、和服の店員さん可愛いよ」

こそっと伝える。陽兄はちらりと見たけれど「俺の心にはまだ、終わった恋の重い鎖が巻き付いているのだ……」とこぼして溜め息を吐いた。

「陽さん、女の趣味が悪いのと切り替えが遅いの、どっちか直せばすぐ彼女できるよ」

「今そういうの聞きたくない」

反論せずに耳を塞ぐあたり、割と自覚があるんだろう。

お蕎麦は美味しかった。近くで失恋ゾンビの陽兄がこの上なく陰気な表情で蕎麦をすすっていたけれど、それでも美味しかった。しかも、年長者だからと結局ゾンビが奢ってくれた。身内以外に良さが伝わりにくいのが本当に悔やまれる。

食事をするところはお座敷で一段高くなっていたけれど、半分のスペースはお土産物も売っていたので、食べた後になんとなく見てみた。

手作りの民芸品。作った人の名前入りの加工食品。ふざけたご当地のお菓子。キーホルダーなんかが無造作に並ぶ。

その中にあまりに情けないご当地のゆるキャラのグッズがあった。鬣られたはんぺんに顔が描いてあるようにしか見えないそのゆるキャラが、ボールチェーンで付いているペンを手に取る。さほど可愛くもない上に幸薄い顔をしている。けれど、きっとここら辺でしか売っていない。

「瑛太、これ見て」

「それは……絶対メジャーにいけないやつだな」

「これ、買う」

「ええ、マジで？」

「瑛太も買おう」

「それは……どんなに頑張っても普及しないと思うよ」

瑛太がゲンナリした顔でゆるキャラを指で摘まむ。

「いや、それはどうでもいいんだけど……」

「え？」

「お揃いで欲しい……」

瑛太はぽかんとした顔をしてわたしを見つめた。

「買おう！」

勢い良く言ってボールペンをふたつ手に取る。

「尚がデレた！」

「で、デレてない」

　お揃いのダサいボールペンを手に入れた。学校の人は絶対誰も同じのを持ってない。

　陽兄ちゃんが外でどんより待っているのが見えた。出口に向かう。

　店を出て瑛太がうーん、と大きく伸びをした。

「傷心旅行、すげえ楽しいな！」

「俺の傷心旅行を楽しがるな！」

　車に戻ってまた走りだす。一体どこに向かっているのか皆目見当がつかないが、風景はどんどん田舎になっていく。周りが畑だらけだし、高い建物もひとつもない。家を出て数時間でこんなところにいるのが少し不思議だ。

「陽さん、スマホ鳴ってない？」

　風景に目を奪われているところ瑛太の声で我に帰る。助手席の鞄の上に置かれた陽兄の携帯がぶーぶー、と低い振動音で着信を知らせていた。

　陽兄が「誰？」と聞くので後ろからスマホ画面を覗く。

「美樹本《みきもと》、優香《ゆうか》って人」

　一瞬、女の人だ！　と思ったのも束の間、陽兄が「あぁ、バイト先だ……」と言って減速した。

大きな一本道の端で車が停まり、陽兄ちゃんがスマホを持って外に出ていった。

「こんなとこまで来てバイトの電話とか、現実に引き戻されるよな」

わかる気がする。日常の喧騒から離れている時に、現実に引き戻されるのはちょっと興醒めする。

「俺なら絶対出ない」

「陽兄は優しいからね」

「バイト先だろうが、家だろうが友達だろうが遠くに来た時は出たくない」

「誰からでも？」

「尚からなら出るよ」

目の前にいるわけだから、もちろんその言葉は冗談なのだけれど、彼にとって非日常の中でも『繋がっていていい現実』のパーツになれた気がして嬉しい。

「俺らも外出る？」

瑛太がわたしの顔を見て言うので頷いて外に出た。扉を開けた途端、むわっとした夏の熱気に包まれる。

「陽さんずいぶん遠くまで行って話してるな」

「だよねえ」

わたしも少し思った。

「陽兄は普段男の人からの電話とか、女の人でも事務的な連絡は目の前で普通に出るよ」

けれど自分にとって異性のカテゴリである女性からの電話は恥ずかしいとか言って隠れる。シフトを代わって欲しいとか、そんな程度の要件にしては時間もかかっている気がする。

もしかして、と考えて口元で小さく笑って瑛太を見ると、似たような表情でこちらを見て肩をすくめた。

それから目の前の風景に意識を移す。

「すげー田舎」

瑛太がぽつんとこぼすその声は、どこか愛おしいものを評するような温度だった。

夏空が広くて、眩しく青かった。さえぎるもののない涼しい風が吹いていた。

眼前に畑。その奥に大きな山がでんと鎮座している。大きいから近く感じられるけれど、きっとすごく遠い。

畑と山以外ほとんど目に入らないような道で、この先一生知りもしない人達の生活が、遠くに小さく並んでいた。わたし達の暮らす街も、生活も何もかもが遠い。

隣を見ると瑛太が同じように遠くを見つめていた。

また、遠くを見た。学校からも、住んでいる街からも遠く離れた場所で隣に彼がいることがとても不思議に感じられるし、なんだか、いろんな属性が抜け落ちた、ただの人として隣にいる気がする。

学校でモテるだとか、成績がどのくらいだとか、友達が誰で、どんなキャラだとか、そんな付加価値。猥雑な何もかもが全て取り去られた、ただの人間。

隣り合った手をそっと握ってみると、小さく、だけど確かに握り返されて、薄い孤独感と心地良いふたりぼっちの感覚を感じる。

これからもし、ずっと一緒にいられれば。学校生活を抜けたもっと先で、わたしと彼は、きっとただのふたりになる。そうなっていく。

そしてわたしは、そうなりたいと思う。

繋がった手の感触を確かめる。

青くてひたすら大きな夏空。街は遠い。

一二三文庫

藤倉君のニセ彼女

2019年10月5日　初版第一刷発行

著　者　　村田天
発行人　　長谷川　洋
発行・発売　株式会社一二三書房
〒101-0003
東京都千代田区一ツ橋2-4-3 光文恒産ビル
03-3265-1881
http://www.hifumi.co.jp/books/
印刷所　　中央精版印刷株式会社

ISBN 978-4-89199-599-7